이모탈 퓨전 판타지 소설

FUSION FANTASTIC STORY

워리어

Warrior

워리어 2

이모탈 퓨전 판타지 소설

초판 1쇄 찍은 날 § 2014년 10월 14일
초판 1쇄 펴낸 날 § 2014년 10월 21일

지은이 § 이모탈
펴낸이 § 서경석

편집부장 § 권태완
편집책임 § 한준만

펴낸곳 § 도서출판 청어람
등록번호 § 제387-1999-000006호
등록일자 § 1999. 5. 31
어람번호 § 제2-2538호

주소 § 경기도 부천시 원미구 부일로 483번길 40 서경B/D 3F (우) 420-822
전화 § 032-656-4452 팩스 § 032-656-4453
http://www.chungeoram.com
E-mail § chungeorambook@daum.net

ISBN 979-11-316-9241-7 04810
ISBN 979-11-316-9239-4 (세트)

이모탈 퓨전 판타지 소설

FUSION FANTASTIC STORY

2

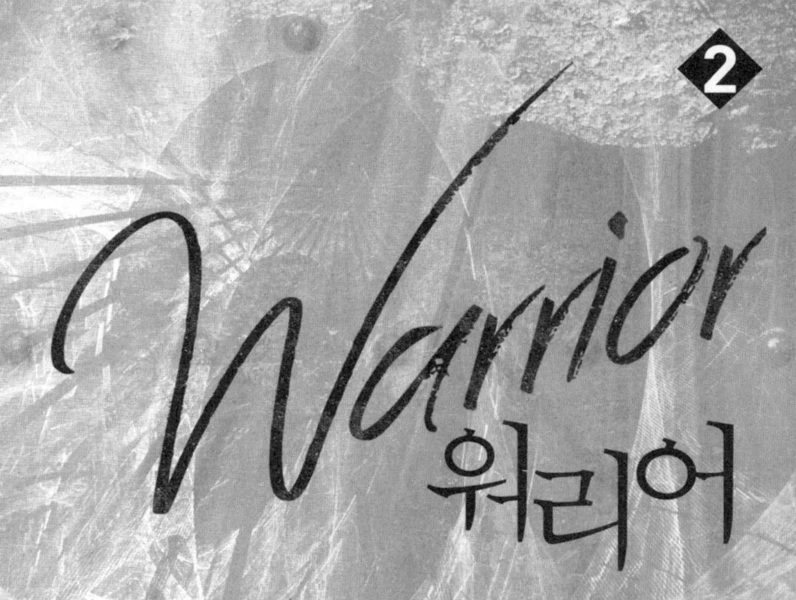

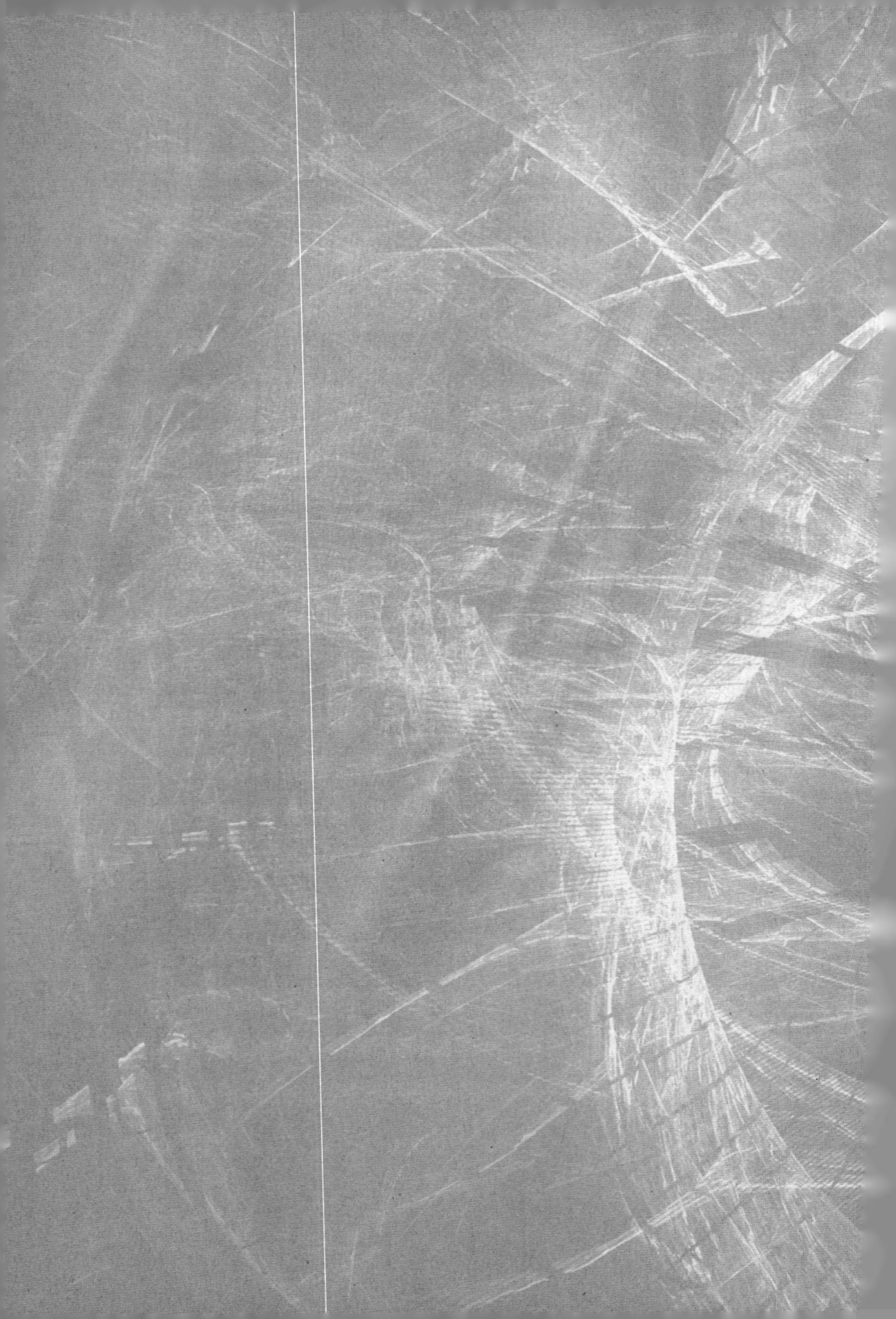

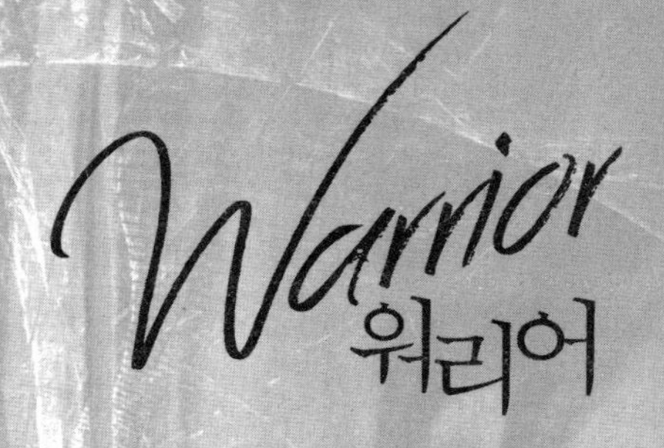

CONTENTS

제1장

작전명령

Warrior

열외는 없었다. 식사를 준비하는 병사들도 마찬가지였다. 식사를 준비하는 딱 한 시간. 그리고 식사를 마치고 정비하는 한 시간을 제외하고는 다시 체력 과정에 참여해야만 했다.

병사들은 식탁에 둘러 앉아 식사를 하기 시작했다. 오늘도 맛있는 향기가 코를 찔렀다. 그에 병사들은 군침을 흘리며 달려들었다. 하지만 식사하는 모양이 쉽지가 않아보였다.

덜덜덜.

팔이 떨렸다. 스테이크를 썰어야 하는데 손이 떨려 힘이 들어가지 않았다.

"스, 스테이크가 안 썰려."

"씨, 씨발. 포크가 이상해."

자꾸 다른 곳을 찍는 포크와 힘이 들어가지 않는 칼질에 병사들은 연장을 포기하고 그냥 입으로 뜯었다. 그나마 나았다. 얼굴에 뭐가 묻기는 했지만 그런 것이 대체 무슨 소용이란 말인가?

배가 고파서 돌이라도 씹어 먹을 판에 말이다. 그리고 이 미치도록 향긋한 냄새는 이성을 잃게 만들었다. 스프를 핥아먹고 빵을 통째로 스프에 집어넣어 씹지도 않고 삼켰다.

"썅! 뭐 이렇게 맛있냐?"

말을 하면서도 연신 고기를 씹고 있었고, 어떤 이는 눈물까지 흘리고 있었다. 한마디로 지금 식당은 사람이 아닌 동물이 식사하는 것 같았다. 그나마 제대로 식사를 하는 것은 역시 부사관들과 소위들뿐이었다.

"이 짓거리를 일주일을 해야 한다고?"

"그래야 기본이 다져진다는군."

"산악 과정하고 생존 과정은 더할 거라고 하던데……."

세 명의 소위가 암울하게 입을 열었다. 그들에게 이런 정보를 흘린 것은 역시 키튼 중사였다. 대충 카이론에게 앞으로의 훈련 과정에 맞춰 훈련 계획을 빡빡하게 잡은 주범이 바로 키튼 중사였기 때문이었다.

하지만 지금 이 순간 키튼 중사는 땅을 치고 통곡하고 있었다.

'여, 염병. 괜히 남는다고 해가지고…….'

나름 체력에는 자신 있다고 자부했던 키튼 중사였다. 처음 카이론을 이끌고 지정된 장소까지 몇 km를 쉬지 않고 뛴 키튼 중사였기 때문이었다. 그런데 그러한 자신감이 와르르 무너지고 있었다.

그는 지금 자신 앞에 먹음직스럽게 놓여 있는 음식을 두고도 손가락 하나 까딱하지 못하고 있었다. 힘이 없어서 말이다. 그때 키튼 중사는 따가운 무언가를 느껴 주변으로 고개를 돌렸다.

몇몇의 병사가 입맛을 다시며 키튼 중사의 식판을 탐욕스럽게 보고 있었다.

"새끼들아, 더 달라고 해!"

버럭 소리를 지르는 키튼 중사. 그리고는 힘겹게 손을 들어 고기를 집어 들었다. 도저히 인간이 몬스터가 아님을 알려주는 포크나 나이프 같은 식기로 스테이크를 자를 엄두가 나지 않았기 때문이었다. 그는 한 입 크게 베어 물었다.

혀에서부터 시작한 맛의 풍미는 전신을 짜르르하게 울리기 시작했다. 그 다음부터는 자동 반사였다. 고개를 처박은 키튼 중사. 한 손에는 스테이크를 한 손에는 스프를 듬뿍 찍은 빵을 들고 번갈아 씹어 재끼고 있었다.

'씨, 씨발. 열라 맛있어.'

주르륵!

눈물이 흘러나왔다. 식판에는 단 세 가지의 요리밖에 없었지만 키튼 중사는 눈물을 흘릴 수밖에 없었다. 그는 그제야 병사들이 왜 미친놈처럼 울었는지 알 수 있었다. 이것보다 훌륭한 음식을 수도 없이 먹어봤지만, 지금 이 음식보다 맛있는 건 없었다.

식사 시간은 무조건 한 시간이다. 한 시간 내내 먹을 수도, 한 시간 내내 쉴 수도 있다. 그리고 적당히 먹고 적당히 쉴 수도 있다. 병사들은 어리석지 않았다.

적당히 먹고 적당히 쉬어야만 이 지옥 같은 체력 과정이라 명명된 전투 체조를 마칠 수 있음을 알고 있었다.

그들은 그렇게 일주일간의 지옥을 체험했다. 그리고 일주일이 지나고 그들은 더욱 지독한 훈련에 참여해야만 했다.

체력 과정이 끝나고 생존 과정에 들어가기 이전에 가볍게 몸풀기 과정으로 산악 과정이라는 것을 거쳤다. 산악 과정. 간단하게 말해서 산에서 할 수 있는 모든 다양한 짓거리를 가르치는 과정이었다.

나무에서 밧줄 하나로 뛰어내리고, 다시 밧줄 하나에 의지해 암벽을 오르고, 통나무로 강을 건너고, 3m는 훌쩍 넘을 법한 장애물을 통과했다.

그것만 있으면 말을 안 한다. 둥근 구덩이를 파 그 속에 온갖 오물을 집어넣고 청기와 백기로 구분해 서로의 깃발을 뺏는 훈련도 했으며, 절벽과 절벽을 잇는 한 가닥 밧줄을 타고 이동해야 했다.

밧줄 하나로 모든 것을 가능케 하는 진정한 산악인으로 거듭나게 하는 산악 훈련은 21C 군대에서도 수색대나 그런 곳에서 체력 과정과 함께 2주 일정으로 하는 훈련이었다.

보통은 1주 체력 과정을 유격 훈련이라 하는데 그곳에서 하는 과정은 극히 일부분이라고 할 것이다. 특수부대의 경우 체력, 산악, 생존 과정을 포함하는 유격 훈련을 8주에 걸쳐 하기도 하니까 말이다.

카이론의 설명을 들은 장교들과 부사관 그리고 병사들은 아연실색하고 있었다. 그들은 머리가 복잡해지기 시작했다.

'대체 이 많은 것을 언제 다 준비한 거지?'

그랬다. 모든 것이 신임 중대장이 오기 전에는 전혀 들어보지도 못했던 그런 훈련이었기 때문이었다. 하지만 그런 생각은 오래가지 못했다.

다음 훈련장으로 다시 오리걸음과 선착순을 동반해야 했기 때문이었다.

'이 훈련 개발한 새끼. 만나면 죽었어.'

병사들은 처절하게 외치고 있었다.

생존 훈련.

잠입, 제거, 도피, 생존, 탈출 다섯 단계로 이루어진 훈련이었다. 21C에서는 제거 대신 폭파지만 이곳에는 폭파할 것이 없으니 제거로 바꾼 것이다. 각 중대원들은 소대 구분 없이 열 명이 일 개조가 되어 움직였다.

훈련의 목표는 카이론에게 들키지 않고 예정된 목적지에 도달하는 것이다. 다만, 태양이 하늘에 걸려 있는 시간에는 이동하지 못했다. 무조건 밤에 이동해야만 했다.

게다가 그들에게는 소량의 식량만이 허락된다. 식량이 소진되면 알아서 구해야 한다. 만약 카이론에게 잡히면 포로 취급을 받는다. 이때 중요한 것은 고문이 가해진다는 것이다. 고문이란 바로 카이론과의 1 : 1의 대련.

말이 1 : 1 대련이지 다른 말로 하면 비오는 날 먼지 나도록 두드려 맞는다는 표현이 딱 맞다. 왜냐하면 생존 훈련을 실시하는 목적이 적지에 침투해 살아남는 것이기 때문이다.

적에게 걸리면 죽는다. 아니면 죽을 정도로 고문을 받는 것이 당연하다. 그런 의미에서 카이론과의 대련은 고문 못지않게 충분히 고통스러웠다.

생존 훈련 기간은 기본 4주. 첫 주에 카이론에게 걸리지 않은 조는 한 조도 없었다.

어떻게 그럴 수 있느냐고 따져 물으면 할 말은 없다. 그것은 카이론만의 방법이니까 말이다.

다음 두 번째 주에는 절반 정도가 살아남았다. 세 번째 주에는 3분의 1이. 그리고 마지막 네 번째 주에는 아주 재수 더럽게 없는 한두 개 조만을 제외하고는 모두 임무를 성공적으로 완수했다.

물론 그것은 카이론이 살짝, 아니 상당히 많이 눈감아준 덕택이었다. 이미 인간을 초월한 감각을 가지고 있는 카이론이 진심으로 하고자 한다면 수년이 지나도 성공은 요원했을 터. 그러니까 마지막 주에 걸린 조가 더럽게 재수 없는 것이다.

카이론은 자신이 가진 모든 것을 풀었다.

체력 과정, 산악 과정, 생존 과정을 거치면서 병사들은 변했다.

소위들도 변했다. 병사들은 조금 더 강해지고 단단해졌으며, 소대장들은 조금 더 앞으로 나아갔다.

최전방임에도 불구하고 삐쩍 마르고 도저히 병사라는 느낌을 주지 않았던 그들이지만 지금은 제법 강단 있어 보이는 정예로 바뀌었다.

또 하나의 소득은 바로 동료애… 아니, 전우애라는 것이 싹텄다는 것이다. 전투가 일어나면 이들에게 내 등을 맡길 수 있다는 의식이 그들 가슴 깊은 곳에 자리한 것이다.

"이것으로 기본 3단계 훈련을 마친다. 오늘과 내일, 그리고 모레까지 별다른 지시 사항이 없으면 휴식을 취하면서 개인 정비를 하도록 한다. 이상!"

"우와아아아~"

함성이 내질러졌다. 두 달간의 길고 긴 기본 3단계 훈련이 끝난 것이었다. 병사들은 옆에 있는 동료를 껴안고 미친 듯이 소리 지르고 있었다. 그것은 소위들 역시 마찬가지였다.

그들은 서로를 바라보았다. 그들은 변해 있었다. 아주 많이 변해 있었다. 날카롭게 강해보였으며, 여유와 자연스러움이 배어나고 있었다. 그리고 결정적으로 세 명 다 익스퍼트에 올랐다.

육체를 한계까지 밀어붙이고, 마나를 한계까지 사용하면서 마나홀이 비워지고 채워지를 반복하더니 기어코 벽을 허물고 익스퍼트에 올라선 것이었다. 그 희열은 여타 병사들과는 차원이 달랐다.

그들의 얼굴에 미소가 걸렸다. 며칠간 제대로 씻지도 않아 수염은 제멋대로 삐죽삐죽 솟아나 있었고, 이빨은 한 달이 넘는 동안 닦지 않아 누렇게 되었다. 심지어 이 사이에 눈살을 찌푸릴 정도로 음식물 찌꺼기가 끼어 있기까지 했다.

그렇다고 얼굴이 깨끗한 것도 아니었다. 적에게 발각되지 않기 위해 있는 대로 묻힌 검댕은 흘러내린 땀으로 지저분한 선들이 위에서 아래로 만들어져 있었다.

하지만 그들은 지금 이 순간이 즐거웠다. 이미 3일간의 정비를 명 받았다. 조금 늦게 정비한다고 해서 달라질 것은 없었다. 그들은 느끼지 못하고 있었지만 그들의 마음속에는 이미 카이론 에라크루네즈가 중대장으로 자리 잡고 있었다.

"한 번 시험해 보고 싶군."

엔그로스 소위가 입을 열었다.

"나 또한."

그에 바이에른 소위와 카르타고 소위 역시 입을 열었다. 서로 통했다.

"휴식을 취한 후 두 시간 뒤에 보도록 하지."

"좋지."

그들은 가장 마지막으로 연병장을 벗어났다. 실로 두 달 만에 자신들의 막사로 들어가는 것이었다. 그들은 두 달 동안 연병장에 천막을 치고 살아야만 했다. 전시에 막사는 사치라는 카이론의 지론에 따라서 말이다.

병사들은 중식이나 석식도 반납한 채 정신없이 잠에 빠져들었다. 그 와중에 세 소대장은 간단하게 씻고, 약간의 휴식을 취한 후 중대장 막사로 모여들었다.

"무슨 일인가?"

"대련을 청합니다."

서류를 검토하고 있던 카이론의 시선이 들려지며 세 소대장을 바라보았다.

"힘이 넘치나보군."

"단지 확인하고 싶을 뿐입니다."

"대기하도록."

한마디에 세 명의 소대장은 부동자세로 대기했다.

카이론은 두 달 동안 병사들을 훈련시키면서도 자신이 해야 할 일을 모두 해내고 있었다.

그 예로 그의 책상 위에 올려진 보고서나 서류가 극히 적었다. 그러한 모습을 본 소대장들은 기가 질리는 느낌을 받았다.

'괴, 괴물이로군.'

'사람이 아니야.'

'전생에 마법사였냐?'

부동자세로 서 있기는 하지만 그들의 머리는 쉴 새 없이 생각하고 있었다. 그리고 문득 떠오른 것은 자신의 책상 위에 놓여 있는 산더미 같은 결재 서류였다.

'대련이 끝나도 쉴 틈은 없겠군.'

똑같은 생각. 그랬다. 자신들은 병사가 아니라 장교였다.

병사보다는 더 대우를 받고 편하긴 하지만 그 반대급부로 그들은 책임을 져야 했다.

물론 이것은 정상적인 사고방식을 가진 장교의 경우에 한한다. 귀족주의적이고 권위주의적인 이들은 의무는 등한시하고 권리만 내세운다. 적어도 여기 있는 세 명은 그런 부류에 속해 있지는 않은 듯했다.

"가지."

카이론이 마침내 결재 서류에서 시선을 떼고 거구의 몸을 일으켜 세웠다. 세 명의 소위는 새삼스럽게 카이론을 바라봤다.

'볼 때마다 사람을 질리게 하는 저 체구는 정말… 부럽다!'

'부, 부러우면 지는 거다. 크흐윽!'

그들은 카이론의 뒤를 따라 개인 연무장에 들어섰다. 중대장의 개인 연무장은 깔끔하게 정리되어 있었다. 원래는 병사나 당번병이 정리하게 되어 있으나 지난 두 달간 시행된 열외 없는 훈련 때문에 관리를 못했을 터이다.

그럼에도 불구하고 연무장이 깔끔하다는 것은 개인적으로 시간을 내 이곳을 사용했다는 말과 다르지 않았다. 갈수록 중대장과 비교되는 자신들의 모습에 초라해지는 소위들이었다.

"이쯤이 좋겠군."

연무장의 가운데 선 카리온의 목소리에 소위들은 퍼뜩 정신을 차렸다. 그리고 방금 전의 생각은 잊어버린 듯 맹렬한 기세가 피어오르기 시작했다. 그들은 처음부터 전력을 다할 요량인지 각자의 무기에 오러 스트림을 생성했다.

"와라!"

사양하지 않았다. 이미 자신들과 중대장과의 격차는 하늘과 땅 차이라는 것을 알고 있었다. 자신들은 진심으로 모든 힘을 다해 부딪치면 그것으로 좋았다. 그들은 카이론을 죽일 듯이 달려들었다.

그들의 무기에는 살기가 감돌았다. 하지만 그들을 대하는 카이론의 시선은 무덤덤하기 그지없었다.

촤라라랑! 쿠더더덕!

카이론에게 쏘아져 들어갈 때보다 더 빠르게 튕겨져 나오는 세 명의 소위. 하지만 그들은 이내 자세를 바로 잡고 빛살처럼 치고 들어갔다. 예전이었으면 상상조차 할 수 없을 정도의 속도였다.

충격을 받고 튕겨져 나갔음에도 바로 반격이 가능하단 것은 그들에게 충격을 흡수할 수 있는 기술과 견딜 수 있는 내구력이 있다는 것을 의미했다. 체력적으로나 기술적으로나 비약적으로 발전한 것이다.

하지만 거기까지였다.

콰아앙!

불이 번쩍이면서 바이에른 소위가 튕겨져 나갔다.

퍼걱!

둔탁한 소리가 나면서 카르타고 소위의 신형이 활처럼 휘었다.

치이이잉!

엔그로스 소위는 조금 더 걸렸다. 카이론의 기이한 무기를 흘린 것이었다. 슈바이체르 샤벨과 언월도가 엇갈리며 날카로운 소리가 났다. 카이론은 고개를 끄덕였다.

엔그로스 소위의 실력은 발군이었다. 일신우일신이라는 말이 무색할 정도로 빠르게 발전하고 있었다. 그리고 그의 신체 특성 자체가 슈바이체르 샤벨과 너무나도 잘 맞기도 했고 말이다.

엔그로스 소위가 버티는 동안 바이에른 소위와 카르타고 소위가 다시 심기일전해 덤벼들었다. 그 순간이었다. 세 명의 소위는 기이한 감각을 느꼈다.

마치 하늘에서 번개가 떨어지는 듯, 수십 수백의 뇌전 줄기가 자신들의 전신을 꿰뚫고 지나가는 듯한 그런 느낌이었다. 그리고 그들은 깨달았다.

'씨발… 이번에도 죽은 거네.'

'두 번의 죽음.'

'두 번째.'

그들은 두 번째 죽음을 당했다. 사방으로 널브러진 세 명의 소위. 그들을 내려다보던 카이론은 언월도를 등에 수납한 후 유유히 연무장을 벗어났다. 저들은 아마 내일 아침쯤이나 되어야 깨어날 수 있을 것이다.

"저기……."

막사로 향하는 순간. 키튼 중사가 조심스럽게 입을 열었다. 카이론이 몸을 멈춰 세웠다. 우물쭈물하는 모양이 뭔가 할 말이 있는 듯싶었다.

"할 말 있나?"

"저, 저도 좀……."

카이론의 시선과 키튼 중사의 시선이 부딪혔다. 카이론의 시선이 키튼 중사의 전신을 훑었다. 순간 키튼 중사는 전신에 소름이 돋는 오싹함을 느꼈다.

카이론이 워낙 커서 그렇지 키튼 중사의 신장이 결코 작은 것은 아니었다. 게다가 타고난 체력과 함께 빠른 몸놀림을 가졌다. 문득 카이론의 생각에 던전에서 보았던 데스 나이트가 생각났다.

카이론은 항상 자신의 등 뒤에 메어져 있던 쯔바이한더와 데스 나이트를 죽이고 얻은 검술서를 키튼 중사 앞으로 툭 던졌다.

"익혀봐. 막히는 게 있으면 묻고."

"에?"

그에 키튼 중사가 놀랐다. 무언가 되물으려 했지만 카이론은 이미 막사 안으로 사라지고 없었다. 키튼 중사는 자신의 발치 아래 떨어져 있는 쯔바이한더와 검술서를 바라보았다.

솔직히 가르쳐 달라고는 했지만 정말 가르쳐 줄지는 몰랐다. 그냥 샘도 나고, 여전히 시정잡배처럼 임기응변으로 살아가는 자시의 처지도 그래서 못 먹는 감 찔러나 본다는 식으로 해본 말이었다.

그런데 검과 검술서를 주는 카이론이었다. 키튼 중사는 조금은 떨리는 손으로 검과 검술서를 집어 들었다. 느낌이 좋았다. 마치 자신을 위해서 만들어진 것처럼 딱 좋았다.

키튼 중사는 검술서를 살펴보았다.

―**록사르 쯔바이한더 가문의 검술.**

'록사르 쯔바이한더 가문의 검술'에서는 어떻게 해야 가문의 검술을 더 능숙하고 완벽하게 사용할 수 있는지를 단계별로 설명하고 있었다.

쯔바이한더 가문의 검술은 쯔바이한더를 들고 연습용 목대를 깨끗하게 원 모양으로 자르는 것부터 시작한다.

이때 수련자는 간편한 복장을 해야 한다. 이 단계를 마스터하면 다음 단계로 상반신에 쇠사슬로 만든 홑겹 갑옷을 입고 전 단계에서처럼 연습대를 원 모양으로 자를 수 있도록 훈련한다.

이는 힘을 길러 민첩하게 움직이기 위한 연습으로, 차츰 온몸을 갑옷으로 감싸고 마지막으로 두 겹의 갑옷을 입을 수 있을 때까지 계속한다. 이렇게 함으로써 움직임이 빨라지게 되면 다음은 휘두르는 법, 찌르기 공격, 차지(charge)공격을 배운다.

차지 공격이란 상대방에게 반격의 틈을 주지 않을 정도로 맹렬하게 쳐들어가는 것이다. 이런 공격 방법을 배우는 것이 쯔바이한더의 제1단계다.

제2단계인 '쯔바이한더의 반격 방법' 에서는 지금까지 배운 공격법을 응용하여 방어법과 반격법을 설명하는 한편, 방어를 위해 크게 휘두르지 말고 극히 작은 동작으로 민첩하게 휘두르도록 하라고 강조한다.

마지막으로 '쯔바이한더의 사용법' 에서는 당연하겠지만 신체적인 결점이 없어야 한다고 나와 있다. 시력과 청각이 뛰어나야 한다는 것도 필요조건이다.

그리고 한 손으로 검을 지탱할 수 있도록 정진하여 팔의 힘뿐만 아니라 민첩성도 단련할 것을 강조하고 있다.

이렇게 함으로써 나중에는 독자적인 기술을 창조해낼 수 있게 된다. 팔의 힘이 좋고 민첩해야 효과가 있음을 일관되게 설명하고 있다

그의 호흡이 거칠어졌다. 아마도 지금 자신이 들고 있는 검의 이름이 쯔바이한더일 것이다. 검술서가 있다는 것은 최소 중급 이상의 검술이라는 것을 의미했다.

키튼 중사는 자신도 모르게 손을 부들부들 떨며 카이론이 들어간 중대장 막사를 바라보았다. 그리고 한쪽 무릎을 꿇고 오른손을 가볍게 말아 쥐어 가슴에 대었다.

그가 할 수 있는 최대한의 경의의 표시였다. 카이론은 어찌 생각할지 모르지만 카이론은 지금 이 순간부터 그의 마스터였다.

그는 철저하게 카이론을 마스터로 대할 것이다.

그렇게 98대대 1중대의 시간은 빠르게 흘러가고 있었다. 최악의 꼴통 집단이라 일컬어지는 1중대를 안정적으로 이끌고 그들의 마음을 한데 모으는 데 성공한 카이론이었다.

하나, 그것을 마냥 좋게 보는 이들만 있는 것은 아니었다. 최전방과는 비교조차 할 수 없을 정도로 평화로운 후방의 어디쯤에서는 98대대 1중대를 성공적으로 이끄는 카이론을 노리는 시선이 있었다.

“아직 인가요?”

“생각보다 잘 견디고 있는 듯합니다.”

“흐음. 마음에 들지 않는군요.”

“어쩔 수 없습니다. 웬일인지 최근 들어 바이큰 족의 움직임이 잠시 주춤하다고 합니다.”

이곳은 에라크루네스 백작 가문의 장자인 수아레스 에라크루네스의 개인 집무실. 그는 아카데미를 졸업한 이후 영지에 돌아와 차분하게 영지를 이어받을 준비를 하고 있었다.

모든 것이 순조로웠다. 단 한 가지만 빼면 말이다. 자신의 배다른 동생인 카이론 에라크루네스의 목숨이 아직까지 지속되고 있다는 것을 제외하고는 말이다.

“안 오면 들어가게 하면 되지 않나요?”

“그것이…….”

“자금이라면 얼마든지 상관없어요. 어차피 외가에서도 그를 눈엣가시처럼 여기고 있을 터. 어머니께 말씀드리면 충분한 자금을 융통할 수 있을 겁니다.”

“알겠습니다. 조만간 좋은 소식을 전해드리겠습니다.”

“부디 그랬으면 좋겠군요.”

둘의 대화는 그것으로 끝이었다. 수아레스는 다시 서류에 집중했고 수아레스의 명을 받은 이는 소리 없이 집무실 밖으로 걸음을 옮겼기 때문이었다.

*   *   *

"명령이 내려왔습니다."

키튼 중사가 카이론의 앞으로 명령서를 들이밀었다. 카이론은 말없이 명령서를 받아들고 읽기 시작했다.

탁!

가벼운 소리를 내며 명령서가 덮어졌다. 키튼 중사는 긴장했다. 근 5개월 동안 전투다운 전투가 일어나지 않았다. 한마디로 평화롭기 그지없는 병영 생활이었다.

그런데 드디어 명령이 떨어진 것이었다.

"소대장 이하 분대장까지 모두 집합시켜."

"명!"

키튼 중사가 카이론의 명령을 받고 빠르게 막사를 벗어났다. 카이론은 자리에서 일어나 연병장이 훤히 내려다보이는 창가로 다가갔다. 연병장에는 병사들이 훈련을 하고 있었다.

이제는 자신이 직접 나서지 않아도 알아서 부대가 돌아갔다. 불과 5개월이지만 1중대의 전투력은 5개월 전보다 두세 배는 상승한 상태였다. 물론 자신이 빠진 상태에서 말이다.

"정찰 및 교두보 확보란 말이지……."

두 가지의 임무. 상당히 상이한 임무라 할 수 있었다. 정찰은 임무 완수 후 복귀하라는 것이고 교두보 확보란 눌러 앉으란 소리다. 결국 정보를 취합한 후 눌러 앉으란 말이었고, 가서 죽으라는 말과 다르지 않았다.

그곳이 적지이고, 불과 한 달 전까지 치열한 격전을 치른 장소이고 보면 말이다. 냄새가 났다.

게다가 정찰 대대라 하여 따로 사단 직할 부대가 있었다. 그런데도 98대대 1중대를 콕 집어서 적진을 정찰하고 교두보를 확보하라는 것이 마음에 걸렸다.

그러다 카이론은 피식 웃어버렸다. 결론을 어렵지 않게 도출해 낼 수 있었기 때문이었다.

"아직 미련을 버리지 못한 모양이군."

그때 목을 베어버렸어야 했다. 후환은 남겨두는 것이 아닌데 어쩐 일인지 손을 쓸 수 없었다. 아마도 완벽하게 융화되었다고는 하지만 마음 약한 카이론의 영혼 때문에 그런 것일지도 몰랐다.

오롯하게 이산의 영혼이었다면 결코 후환을 남겨두지 않았을 것이다. 자신과 상관도 없는 이복형제인데 무엇을 꺼릴까? 가차 없이 목을 베어버렸을 것이다.

"그래. 실컷 발악해라. 산이 높으면 골이 깊을 수밖에 없지."

카이론은 변했다. 완전하게 변했다. 물론 카이론이 변했다는 것은 수아레스도 알고 있을 것이다. 그래서 더욱더 이러는 것일지도 몰랐다. 하지만 수아레스가 상상도 할 수 없을 정도로 괴물이 된 카이론이었다.

그때, 키튼 중사가 들어오고 그 뒤로 소대장들과 각 소대 분대장이 들어와 이미 마련된 의자에 착석했다. 카이론은 그들을 한 번 훑어보았다. 이미 이들은 3개월 전의 권태로운 표정을 짓던 이들이 아니었다.

무엇이든 할 수 있고, 어떤 일이든 각오하고 있다는 듯한 표정을 가지게 된 이들이었다. 표정은 곧 마음가짐이다. 그들은 온전하게 자신감을 되찾았기에 그런 표정이 자연스럽게 드러나는 것이었다.

"작전명령이 하달되었다."

"……."

별다른 반응은 없었다. 오히려 반기는 표정들이었다. 지난 5개월 동안은 지옥 같은 훈련의 연속이었다. 차라리 전투가 낫다고 할 정도로 말이다.

"바이큰 부족의 쿤라이트 족장이 점령하고 있는 서부의 동태가 심상찮다는 보고에 따라 그들을 정찰하고 교두보를 확보하라는 명령이다."

"정찰이라면 사단 직할 정찰 대대가 있는 것으로 알고 있습니다만."

엔그로스 소위가 의문을 제기했다. 당연한 의문일 것이다.

"명령은 내려졌다."

이곳은 군대. 이미 내려진 명령의 부당함을 토로한다 해서 명령이 철회되지는 않는다. 군대에서 대체 명령을 제외하고 무엇이 필요하단 말인가.

"원하지 않으면 작전에 참여하지 않아도 된다."

"죄송합니다. 그런 뜻이 아니었습니다."

곧바로 사과하는 엔그로스 소위였다. 그들에게 있어 카이론은 이미 중대장을 넘어선 존재였다. 그들은 키튼 중사와 같이 이미 마음 속 깊이 그를 존경하고 자신들의 스승으로 삼고 있었기 때문이었다.

검을 처음 잡게 한 것은 카이론이 아니었지만 익스퍼트에 들게 하고 새로운 길을 제시한 것은 바로 카이론이었기 때문이었다. 검사가 익스퍼트에 들었다는 것은 새로운 시작을 의미하는 것이었고, 말 그대로 그들은 새로 태어난 것이나 마찬가지였다.

그것을 가능케 한 것은 역시 카이론. 그러하니 그들이 카이론의 뜻을 거스른다는 것은 상상조차 할 수 없었다. 병사들 역시 마찬가지다. 그들은 익스퍼트도 기사도 아니지만 그들 나름대로 카이론에게 목숨을 맡길 준비가 되어 있었다.

일단 먹고 자는 것이 달라졌다. 힘이 넘쳐 난다. 그리고 지옥 같기는 하지만 훈련을 했고, 그 훈련을 통해 자신들이 나날이 달라지는 것을 피부로 느낄 수 있었다.

이제는 10km 구보를 해도 낙오되는 이가 없었으며 최초 2시간이나 걸렸던 시간도 1시간으로 단축시켰다. 땀도 나지 않을 정도. 그래서 10km 산악 구보를 할 때는 처음 구보했을 때처럼 낙오되는 병사가 없었다.

그들은 강해졌다. 피부로 느낄 수 있었다. 그런데 무엇이 더 필요할 것인가? 언제든지 준비가 되었다. 적과 싸워 이길 준비 말이다.

카이론은 그들을 바라보았다. 전의가 느껴졌다. 카이론은 고개를 끄덕였다.

"명일 20시에 전원 완전 군장으로 연병장에 집합한다. 이상!"

"명!"

소대장을 비롯한 분대장들이 일사분란하게 중대장 막사를 벗어났다. 홀로 남은 카이론. 문득 등 뒤에 있는 언월도가 손에 잡혔다. 언월도를 빼들고 도신을 쓰다듬었다.

'라이플이었으면 좋았을 텐데.'

아쉬웠다. 저격용 라이플이라면 이들의 희생이 많이 줄어들 것이기 때문이었다.

그가 입맛을 다시는 이유는 바로 그것이었다. 보이지도 않는다. 소리도 없다. 그들이 상상하는 어떤 마법과도 비교할 수 없다. 적에게 충격과 공포를, 아군에게는 희망과 용기를 줄 수는 절대의 기물이었으니 말이다.

그가 가지고 있던 저격총은 이 세계에서는 찾아볼 수 없는 최고의 암살 무기였다.

그래서 아쉬운 것이다. 적 부대의 대장이나 지휘관을 원거리에서 저격할 수 있다면 전투는 훨씬 쉬워지기 때문이다. 저격이란 정규 작전 속에 숨겨진 비정규전이다.

정규전으로 힘과 힘이 부딪히는 순간 비정규전을 걸어온다면 적은 분명 당황할 것이다. 큰 희생 없이 적을 일시에 무너뜨릴 수 있는 방법이었다.

모든 저격총의 총화라고 불렸던 대인 대물 저격용 라이플 KXM109. 막상 작전 명령이 하달되고, 작전에 나서게 되자 사라져 버린 KXM109가 카이론에게 아쉽게 다가왔다. 심지어 KXM109에 장착되어 있던 원거리 스코프까지 모든 것이 아쉬웠다.

20km 밖의 개미 색깔까지 판별할 수 있는 망원 스코프가 있다면 정말 많은 도움이 될 터였다.

그런 진한 아쉬움이 전해졌을까? 언월도를 조용히 쓰다듬던 카이론의 손에 미약한 진동이 느껴졌다. 마치 자신의 생각을 읽었다는 듯이. 아니, 자신의 의지를 받아들였다는 듯이 말이다.

기묘하면서도 간질거리는 작은 소리를 내며 언월도가 서서히 변하기 시작했다.

츠즈즈즛! 스스스슷!

그리고는 마침내 자신이 생각하고 있던 KXM109의 대물 저격총의 형태를 갖춰가기 시작했다. 그리고 마침내 그 위용을 드러내는 KXM109 대물 저격총. 카이론은 모습을 드러낸 KXM109를 쓰다듬었다.

그러다 창에서 조금 물러나 서서 쏴 자세를 취하면서 망원스코프에 눈을 가져갔다. 끝없이 펼쳐지는 둥그런 세계가 그의 눈으로 쏟아져 들어왔다. 카이론의 입가가 씰룩였다.

쏴 보고 싶었다. 하지만 지금 사용할 수는 없는 법. 아쉽게 총을 거둬들인 카이론은 탄창을 분리했다. 묵직한 감각이 느껴졌다. 열 발의 25mm 유탄이 들어 있었다.

원래는 2발이 남아 있어야 했다. 그런데 열 발 그대로 남아 있었다. 또한 총탄 역시 미묘하게 변해 있었다. 전체적으로 푸른색이 돌았고, 훨씬 더 날렵해져 있었다. 마치 저격 전용탄처럼 말이다.

'미묘하지만.'

그의 감각은 이전과는 미묘하게 달라졌다고 말하고 있었지만 달라질 것은 없었다. 자신의 애병이 다시 돌아온 것이었다. 물론 실제 발사가 되는지는 사용해 봐야 알겠지만 말이다. 그래도 반가웠다.

"좋군!"

카이론은 자신도 모르게 나직한 음성으로 뇌까렸다. 좋았다. 자신이 이 세계의 사람이 아닌 지구의 사람임을 알려주는 유이한 물건 중 하나가 바로 이 KXM109 대물 저격총이기 때문이다.

그의 눈에 키튼 중사가 막사로 다가오는 것이 보였다. 카이론은 의지를 집중시켰다. 그러자 KXM109 저격총은 다시 기형의 언월도로 변했다. 얼월도는 시리도록 날카로운 빛을 내면서 그 날을 번쩍였다.

순간 카이론은 자신의 척추를 타고 흐르는 기이한 열기에 푸석한 웃음을 떠올렸다. 전장에 나서는 것이 즐거웠다. 마치 고향에 돌아가는 듯한 그런 느낌이 들었다. 그리고 아주 잠깐 자신의 정신 상태가 조금씩 이상해지지 않았나 하는 생각을 해보았다.

그 스스로 자신이 있어야 할 곳이 군대라는 것을 인식하고 있었다. 그리고 그의 영혼과 하나 되어 버려 이제는 그 존재조차 희미해져 버린 어리고 소심한 카이론조차도 전장을 편안해 하고 있었다.

카이론은 알 수 있었다. 이 몸의 주인인 카이론이라는 존재와 자신의 영혼이 완벽하게 융합되어 새로운 영혼이 되었다는 것을 말이다. 던전을 나온 이후 그의 성격은 확실하게 변모하고 있었다. 신중한 성격에서 조금 더 직접적이고 과단성을 가진 성격으로 말이다.

"1중대. 출정한다."

그 말뿐이었다. 하지만 그 한마디가 그 어떤 백 마디 말보다 더 큰 울림을 주었다. 카이론 이하 1중대 1백 명의 인원이 움직이기 시작했다. 각 소대별로 출발했고 각기 향하는 방향도 달랐으나 충분히 시야 안에 들어올 정도였다.

그중 카이론은 별도로 발이 빠르고 무력이 뛰어난 부사관 1명과 병사 아홉 명을 선발해 가장 선두에서 움직여 나갔다. 그들의 이동 속도는 각 소대와는 상당한 차이가 있었는데 그들은 1중대 척후조였다.

카이론은 이 척후조를 이끌었고, 키튼 중사는 척후조의 조장으로 임명돼 아홉 명의 조원을 이끌었다. 처음 카이론이 척후조를 이끈다고 했을 때는 극렬한 반대에 부딪혔다.

어느 부대이든 부대장이 척후를 맡는 경우는 없다. 부대의 장은 그 부대원 전체의 목숨을 쥐고 있는 자이니까 말이다.

하지만 그들은 카이론의 고집을 꺾을 수 없었다. 그리고 그들 앞에 내놓은 어떤 물건도 한몫했다. 그것은 바로 연대에나 지급된다는 단거리 통신용 마법 크리스탈이었다.

본래 대대급까지 지급하도록 되어 있지만 전용 통신 마법사가 배치되어야 한다는 제약 때문에 연대까지만 간신히 배치된 게 현실이었다. 그런데 카이론이 전해준 마법 통신기 네크리스는 마법사가 필요 없었다.

마법사가 아니라도 네크리스에 내장된 마나로 충분히 통신이 가능했고, 심지어 충전식이기까지 했다. 믿을 수 없었지만 눈으로 보고 있으니 믿지 않을 수도 없는 노릇. 게다가 일반적으로 20~25kg에 달하는 마법 크리스탈과는 달리 목걸이처럼 작고 가벼웠고, 통신 거리조차 두 배인 10km에 달했다.

결국 그들은 카이론의 작전을 수락했다. 척후조와 본대와의 거리는 5km. 각 소대별 이격 거리는 1km. 척후조가 맨 앞으로 나서고 그 뒤를 1, 2, 3 소대가 받치는 형태의 행군이었다.

이동하는 동안 카이론은 언월도를 변형시켰다. 그의 뒤를 따르던 키튼 중사와 병사들은 그 모습에 다소 놀라는 모습을 보였다. 하지만 그다지 크게 놀란 모습은 아니었다.

그들은 설사 카이론이 그보다 더 이상한 것을 꺼내든다 해도 더 놀라지 않을 것이다. 이미 그들은 카이론에게 많이 놀라고 있었기 때문이었다. 익숙해지면 놀라운 상황에서도 '그런가 보다' 하는 것이다.

이렇게 하나씩 놀라운 일이 생길 때마다 카이론에 대한 충성심은 높아져 갔다. 이제는 카이론이 돼지들이 먹는 감자를 식량으로 쓴다 해도 그들은 우걱거리며 그 감자를 먹을 것이다. 그가 명을 내렸고, 내려진 명은 지켜져야 하기 때문이었다.

그리고 충성심이 높아지는 이유는 또 하나가 있었다.

남들은 절대 꺼려하는 척후조를 가장 앞에서 이끄는 존재가 바로 1중대의 중대장이라는 점이었다. 병사들보다 앞에서는 지휘관. 그것은 마약과 같았다. 따르지 않을 도리가 없는 것이다.

카이론의 정찰은 그야말로 기가 막히고 코가 막힐 정도다. 길이 없는 곳으로만 갔다. 하지만 길이 있는 곳보다 빠르게 이동했다. 낮에 이동하는 것이 아니라 밤에만 이동하는데도 말이다.

몬스터를 피해 동물이 다니는 길을 찾아 이동했고, 정확하게 하루 이동 거리를 지켰다. 덕분에 병사들은 체력을 온전하게 보존할 수 있었다. 낮과 밤이 바뀌어 초기에는 조금 적응하기 어려웠지만 그동안 강하게 단련된 그들의 움직임은 21세기 특수부대의 그것이었다.

그렇게 일주일을 밤을 낮 삼아 달린 끝에 목표한 장소와 근접한 곳에 1중대는 도착했다. 하지만 목표 장소에 가려면 며칠 밤을 더 움직여야만 했다. 그런데 카이론의 예리한 감각에 무언가가 걸리고 있었다.

카이론은 지체 없이 KXM109 저격총을 꺼내 자외선 모드와 열 영상 모드가 모두 구현되어 있는 망원 스코프에 눈을 가져갔다.

'매복인가?'

매복이 있었다. 이곳은 아직 작전 지역과 이틀 정도 떨어진 지역이고 중립지역에 해당하는 지역이었다. 그럼에도 매복이 있었다. 무언가 이상하다는 생각이 들었다.

카이론과 98대대 1중대의 움직임은 굉장히 빨랐다. 부대가 있던 위치에서 이곳까지 오기까지는 적어도 보름 남짓한 시간이 소요된다. 통상적으로 이동한다면 더 단축할 수 있겠지만 적군에게 그들의 움직임이 포착되면 안 되는 작전이니까 말이다.

덕분에 하루 중 절반은 움직일 수 없었고, 극히 움직임이 둔해지는 밤에만 이동했다. 빠를 수 없는 것이 사실이다. 그런데 그러한 거리를 7일 만에 주파해 냈다.

카이론은 급히 부대를 정지하고 은폐시킨 후 분대장과 소대장들을 불러 모았다. 작전지로 이동하는 도중에 소집한 경우가 없어서인지 소대장과 분대장들은 조금은 의아한 표정으로 카이론을 바라보았다.

"매복이 있다."

"예?"

무슨 말인지 모르겠다는 듯이 카이론을 바라보는 분대장과 소대장들. 그에 카이론은 바닥에 대충 이곳의 지세를 표시하고 적의 위치와 아군의 현 지점, 그리고 목적지 등을 표시했다.

"적과 아군의 거리는 5킬로미터. 아군의 목표 지점까지의 거리는 직선거리로 13킬로미터."

"어떻게……."

말도 안 된다는 듯이 입을 여는 소대장들이었다. 그도 그럴 수밖에 없는 것이 이곳은 중립 지역이었다. 그리고 카이론의 설명에 의하면 적은 정찰조도 아니라 백인대 단위의 정찰대였다.

이 정도의 규모라면 카테인 왕국의 군대 조직으로 치면 중대 단위의 위력 정찰이라 할 수 있었다. 만약 무언가 발견하면 즉시 전투에 돌입할 수 있는 최소의 단위. 단독 작전은 실행할 수 없지만 충분히 임무를 수행할 수 있는 규모였다.

"중요한 것은 그들이 어떻게 중립 지역에 있느냐가 아니라, 우리 앞에 적이 있다는 것이 중요한 것이다."

그랬다. 중요한 건 그들이 왜 이곳에 있느냐는 것이 아니ㅏ다. 적으로서 자신들의 진로를 막고 있다는 것이다. 물론 지금 이 순간 분대장이나 소대장들의 머리에 떠오르는 공통적인 생각은 분명 있었다.

'정보가 샜다.'

'무언가 우리가 알지 못하는 것이 있다.'

소대장들은 불안했지만, 그들이 따르는 중대장의 음성은 단호했다.

"이 시간부로 전원 전투에 돌입한다."

카이론은 적을 그냥 두고 돌아가고 싶지는 않았다. 그러려면 애초에 최단거리로 가장 빠르게 이동하지도 않았을 것이다. 분대장들과 소대장들이 카이론의 명을 전하자 1중대원들의 눈빛이 가늘게 떨렸다.

중급병 이상이면 몰라도 초급병이나 하급병은 최근 들어 전투를 해본 적이 없었기 때문이었다. 때문에 중급병 이상은 가볍게 긴장하는 정도였지만 초급병이나 하급병은 왠지 모를 두려움에 젖어들기 시작했다.

"군대는 명령에 죽고 명령에 죽는다. 설사 그 명령이 잘못된 명령이라 할지라도."

카이론의 말에 병사들의 눈빛이 변했다. 맞는 말이다. 군대는 어떤 말도 통용되지 않는다. 임무를 받았으면 그 임무를 완수해야만 한다. 군대가 존재하는 그 이유가 바로 그것이기 때문이다.

두려움에 떨던 병사들의 눈빛이 바뀌었다. 맞다. 자신들은 군인이었다. 임무를 수행해야 하는 군인 말이다. 어느새 1중대 병력이 모였다. 그들은 이미 전투 준비를 완벽하게 마친 상태였다.

무기를 점검하고 레더 메일의 소매 부분이나 소리 나는 부분을 동여매 소음을 줄였으며, 월광에 인광이 비추지 않도록 얼굴을 위장했다.

"각 소대 위치로."

아주 간략한 명령에 병사들은 어떠한 소리도 없이 움직이기 시작했다. 카이론의 곁에는 예의 키튼 중사와 척후조 열 명이 남았다. 그들을 이끌고 카이론 역시 빠르게 이동하기 시작했다.

빠르게 이동하고 있음에도 불구하고 그들의 움직임은 조용했다. 지난 5개월의 지독한 유격 훈련이 드디어 첫 전투에서 빛을 보고 있는 것이었다. 그리고 마침내 카이론은 적이 머물고 있는 지역에 도착할 수 있었다.

매복하고 있는 적들은 상당히 나태한 상태였다. 그 연유는 굳이 어렵게 생각하지 않아도 알 수 있었다. 저들에게 전달된 정보에 의하면 아직 카테인 왕국군이 도달하려면 시간적으로 여유가 있었기 때문이었다.

더군다나 이곳은 바이큰 부족과 카테인 왕국과의 중립적

인 지역이다. 산보다는 평야가 더 많고, 숨을 수 있는 곳보다는 드러나는 곳이 더 많았다

그리고 그들이 있는 곳은 얼마 높지 않은 야트막한 야산이지만 주변을 완벽하게 통제할 수 있는 고지였다. 물론 주변에 고만고만한 산이 연속해 있지만 이곳의 시야를 벗어날 수는 없었다.

그러하니 그들이 방심하지 않을 수 없었다. 카이론은 고개를 끄덕였다. 충분히 공략이 가능했다. 적의 방심이 모든 것을 가능케 하고 있었다.

'척후조 전방 5.3킬로미터. 약 120명 중대 규모 매복 확인. 작전은 포위 섬멸.'

―소대 하나. 적 후방 차단, 이상.

―소대 둘. 적 좌측 차단, 이상.

―소대 셋. 적 우측 차단, 이상.

―척후조. 적 전방 교란. 중대 하나는 원거리 지원 이상.

카이론이 통신 네크리스로 적의 매복을 알리자, 즉시 각 소대로부터 응답이 도착했다.

'지금으로부터 2시간 후 작전 개시. 위치로..'

―위치로!

사실 5.3km라면 그저 한 시간이면 충분히 도달할 수 있는 거리였다. 이미 그들은 산악전에 대해서도 충분히 훈련했기

때문이었다. 오히려 태어날 때부터 산에서 자란 이들보다 더 능숙하게 산악전을 수행할 수 있을 정도였다.

두 시간 후.

―소대 하나. 준비 완료.

―소대 둘. 준비 완료.

―소대 셋. 준비 완료.

모든 준비를 완료했다는 보고가 들려왔다. 카이론은 KXM109 대물 저격총의 망원 스코프에 눈을 가까이 대었다. 총신을 좌우로 면밀하게 움직이며 적의 우두머리를 찾았다.

그리고 발견했다.

사위가 정적에 물들었다. 새도 울지 않았고, 벌레도 울지 않았다. 달은 구름 속에 숨어 어둠 속에 잠겨 들었고, 카이론은 숨을 서서히 내쉬기 시작했다. 그리고 그 내쉰 숨이 멈춘 그 순간, 방아쇠에 걸린 그의 검지가 움직였다.

투훙! 투둥!

발사되었다. 불빛은 없었다. 애초에 총구에 불이 일게 할 정도로 허술하게 만든 저격총이 아니니까. 그의 망원 스코프에는 머리에 피가 터지며 뒤로 홱 젖혀지는 물체가 잡혔다.

미묘한 감각의 차이가 있었다. 지구에서 사용하던 확산 고폭탄이나 관통 철갑탄은 상상할 수도 없는 위력이 있었다. 자신의 지식에 의하면 이것은 마치 마법을 이용해 마나를 발사하는 것과 같은 느낌이었다.

아주 잠깐. 눈 한 번 깜박일 정도의 멈칫거림이 있었다. 멍하게 자신의 손에 잡힌 KXM109 저격총을 바라보는 카이론이었다. 그러다 피식 웃어버렸다. 인정할 수밖에 없었다.

'하긴.'

그랬다. KXM109 저격총이라는 것 자체가 이 세계에서 통용되지 않는 무기. 이 세계는 과학 대신 마법이 그 자리를 채우고 있는 것이다. 그리고 자신이 들고 있는 것은 마법적인 기물일 뿐이었다.

물론 이해할 수 있었다. 자신의 신체와 합성된 메카닉적인 요소들. 열전도 나노 튜브 블레이드와 칠흑의 풀 플레이트 메일 역시도 이 KXM109 저격용 라이플 역시 다르지 않았다.

사라진 것이 아니라 변형되었다. 자신 역시 변형되었다. 그 속에서 카이론은 하나의 단서를 찾을 수 있었다.

'어쩌면…….'

스스슷!

아주 잠깐의 상념에 젖이 있는 그 순간 임무를 마친 KXM109 저격총은 다시 변형되어 기형의 언월도로 바뀌었다.

카이론은 변형된 언월도를 움켜쥐며 적이 매복한 곳을 향해 소리도 없이 움직여 가기 시작했다. 그리고 그와 함께 1중대원이 움직이기 시작했다. 어둠과 하나가 되어서.

퍼억!

머리가 깨졌다. 차전사의 옆에서 그를 지키고 있던 하전사들은 순간 움찔했다. 자신의 얼굴을 덮쳐 오는 무엇이 있었다. 그리고 자신의 후각에 느껴지는 비릿한 향기. 분명 피비린내였다.

차전사를 호위하던 전사가 머리가 통째로 날아가 버린 차전사의 모습을 바라보며 눈을 부릅떴다. 도저히 있을 수 없는 일이 일어났기 때문이었다. 목이 베인 것이 아니라 머리가 통째로 사라진 것이다.

"야……."

외치려는 순간이었다.

퍼벅!

차전사를 지키고 있던 두 명의 하전사의 신형이 급격하게 허물어졌다. 그들은 차전사와 같이 머리가 완전히 짓이겨져 있었다. 그들만이 아니었다. 매복지 각 지역을 지키고 있던 전사들의 목이 소리도 없이 사라지고 있었다.

하나의 검은 그림자가 전방을 경계하고 있는 전사의 입을 막고 지체 없이 목을 그었다. 전사는 눈이 커지다 이내 축 늘어졌다. 조금 떨어진 거리에서 볼일을 보고 오던 전사가 그것을 보고 검을 잡아가려는 순간.

퍽!

한 자루의 단검이 전사의 목울대에 정확하게 박혔다. 두 손으로 목을 감싸 쥔 전사는 그대로 뒤로 넘어갔고, 어느새 또 다른 검은 그림자가 나타나 넘어지는 전사를 받아 들었다.

검은 그림자들은 조용히 움직였다. 마치 파도가 치듯 빠르고 은밀하게 움직였으며, 그들이 움직일 때마다 바이큰 족의 전사들은 피를 흘리며 죽어가야만 했다.

차전사의 바로 아래 계급으로 카테인 왕국으로 치면 초급 장교의 위치에 있는 하전사 중 한 명이 무언가 불안한 눈으로 사방을 둘러보기 시작했다.

무언가 갑작스럽게 찾아든 위화감이 있었다. 자신들이 이곳에 머문 지 어느덧 삼 일째. 그 정도면 새들이나 혹은 곤충들 역시 익숙해진다. 그런데 오늘따라 새의 울음도 곤충의 울음도 없었다.

그가 손짓을 했다. 그에 전사들이 다급하게 취침에 들어간 전사들을 깨우고 무기를 들고 진영을 구축하려는 찰나였다.

"쳐랏!"

"우와아아!"

세 방면에서 무수히 많은 인형이 쏟아져 들어왔다. 하지만 바이큰 족은 제대로 대응할 수 없었다. 정작 명령을 내려야 할 차전사가 죽고 없었기 때문이었다. 물론 그들은 차전사가 죽었다는 것을 꿈에도 모르고 있었다.

그때, 한 명의 하전사가 다급하게 뛰어들었다.

"크, 큰일났습니다……."

하지만 하전사는 그대로 굳어질 수밖에 없었다. 차전사와 차전사를 호위하는 두 명의 하전사의 모습을 본 것이었다. 하전사는 그대로 굳어졌다. 죽은 이들 때문이 아니라 자신을 향해 쏘아지는 섬광 때문이었다.

주르륵!

섬광이 걷히자 차전사가 머무는 장소로 뛰어 들어온 하전사는 이마에 한 줄기의 핏물을 토해내며 그대로 뒤로 넘어갔다. 그것을 시작으로 척후조를 이끌던 키튼 중사가 앞으로 뛰어나갔다.

그 뒤를 아홉 명의 척후조가 따랐다. 키튼 중사는 예의 쯔바이한더를 들고 있었으며, 제법 능숙하게 휘두르고 있었다. 카이론의 눈에는 제법 정도이지만 다른 이들이 보기에는 경이적인 속도라고 해도 과언이 아니었다.

그도 그럴 것이 양손검에 입문한 지 불과 석 달 만에 그는 마나를 깨우치고 익스퍼트에 들었다. 대단한 자질이라고 소문이 난 엔그로스 소위조차 눈을 부릅뜰 정도였다.

그리고 그 성과는 여기에서 여지없이 발휘되고 있었다. 어차피 포로는 있을 수 없었다. 전부 죽이지 않으면 전부 죽는다. 그것이 이번 작전의 요체였다. 이미 카이론이 자신 때문에 1중대가 이곳에 왔다고 했을 때부터 모두 각오한바였다.

키튼 중사의 쯔바이한더가 하전사의 목을 갈랐다. 그 뒤를 이어 아홉 명의 척후조원이 기가 막히게 치고 들어갔다 물러나기를 반복했다. 상대가 되지 않았다.

카이론은 냉정한 시선으로 전황을 살펴보고 있었다. 밤이었지만 그의 눈에는 대낮과 다름없었다. 적의 인원은 120명. 이미 전세는 1중대 쪽으로 기울고 있었다.

"죽엇!"

어디선가 한 명의 전사가 튀어나오면서 카이론의 옆구리를 공격해 들어왔다.

서걱!

하지만 그것이 마지막이었다. 카이론의 옆구리에 도달하기도 전에 카이론의 언월도에 목이 잘린 전사였다. 카이론의 시선은 여전히 전장으로 향해 있었다.

"괜찮군."

지난 5개월 동안의 조련으로 이 정도 수준이면 정말 괜찮았다. 아니 두말할 것도 없이 훌륭했다.

장내는 순식간에 정리되었다. 120명에 이르는 중대 규모의 바이큰 족이 단 한 명의 생존자도 없이 몰살당했다.

"묻어."

명령은 간단했다. 전후 처리다. 챙길 것이 있으면 챙기고 시체는 묻으라는 말이었다. 카이론은 사망자나 혹은 경상자에 대해서 묻지 않았다. 이 정도에 다치고 죽을 놈이면 애초에 훈련시키지도 않았다는 듯이 말이다.

"모두 처리했습니다."

"이탈한다."

"명!"

자리를 빠르게 이탈해야 한다. 흔적도 흔적이지만 이 세계는 야생 동물과 몬스터가 수두룩하니까. 특히나 몬스터는 상당히 경계해야 할 존재니까 말이다.

최소한 5km는 이격해야만 했다. 야생 동물조차 인간의 수십 배의 후각과 청각을 가진다. 그런데 그러한 야생 동물보다 위협이 되는 몬스터는 어떠할까?

될 수 있으면 더 멀리 이탈해야 하겠지만 그쯤이면 새벽이 밝아올 것이다. 그렇게까지 할 수는 없었다. 적의 눈을 피해야 할 1중대에게는 휴식이 필요했다. 이제 시작이니까 말이다.

"어따~ 새끼들 별거 아니더만요."

어느새 키튼 중사가 다가와 카이론에게 말을 붙였다. 1중대에서 카이론에게 가장 살갑게 구는 것은 역시나 키튼 중사밖에 없었다. 그리고 그 다음을 꼽으라면 세 명의 소대장 정도였다.

그런 키튼 중사의 말에 답이 흘러나온 것은 카이론이 아니라 소대장 중 한 명에게서였다. 키튼 중사의 시선이 자연스럽게 그 목소리의 주인공에게로 향했다. 가볍게 웃음을 떠올리며 되묻는 키튼 중사.

"그러게 말이지. 기대 좀 했는데."

"그런데 몇 마리나 잡았수?"

"나? 먼저 말하지?"

키튼 중사와 바이에른 소위였다.

"열하나."

카르타고 소위가 끼어들었다. 그에 다들 슬쩍 웃었다.

"난 열둘. 음하하하! 내가 이겼군."

"끄응. 다음에 보자."

"다음에 보자는 놈 치고 무서운 놈 없더라."

바이에른 소위와 카르타고 소위가 신경전을 벌였다. 키튼 중사가 엔그로스 소위를 바라보았다. 그들의 대화에 전혀 관심을 기울이지 않는 것 같던 엔그로스 소위가 손가락 네 개를 폈다.

"허어! 대단하십니다. 난 겨우 열셋이구만 어떻게 열넷이나 잡았답니까?"

상황에 맞지 않게 가벼운 행동을 하는 키튼 중사. 평소에는 절대 그렇지 않았다. 순간 카르타고 소위는 주의 깊게 병사들을 살폈다. 그리고 키튼 중사와 시선이 부딪혔다.

둘은 서로를 보며 고개를 미약하게 끄덕였다. 마치 무언가 알겠다는 듯이 말이다.

"별로 마음에 들지 않는 말이로군."

카르타고 소위의 돌연한 발언에 모두가 긴장했다. 이들은 지닌 5개월간의 고련 끝에 서로의 벽을 허물고 끈끈한 무엇으로 연결되었다는 것을 알고 있었다. 그런데 아닌 경우도 있었나보다.

바로 카르타고 소위처럼 말이다. 카르타고 소위가 어정쩡하게 도대체 왜 이렇게 반응하는지 모르겠다는 듯한 표정을 짓고 있는 키튼 중사 앞으로 다가갔다.

"고개 아프군. 얼굴 좀 내리지?"

"아! 뭐……."

키튼 중사보다 상대적으로 작은 카르타고 소위. 시선을 조금 위로 올려야 키튼 중사의 얼굴을 볼 수 있었다. 키튼 중사는 살짝 무릎을 구부렸다.

와락!

팔로 키튼 중사의 목을 휘어 감는 카르타고 소위.

"므흐흐흐. 걸렸군. 저쪽으로 가서 우리 조용히 이야기 좀 하지."

어리둥절하던 병사들과 소위들. 그들은 잠깐 그 묘한 상황을 바라보더니 이내 피식 웃어버렸다. 자신들이 긴장한 것을 알게 된 것이었다. 카르타고 소위는 그 긴장을 풀어주고 있는 것이었다.

백전노장에게도 힘든 곳이 바로 전장이었다. 상급병이나 중급병은 몰라도 초급병이나 하급병은 달랐다. 그들의 손은 아직도 떨리고 심장은 미친 듯이 뛰었으며, 얼굴은 창백했다. 평정을 지키려 애쓰고는 있지만 거칠게 숨을 내쉬며 가슴의 기복이 심했다.

그것을 간파한 카르타고 소위였다. 그리고 키튼 중사도 어느 정도 이런 분위기를 간파하고 있었고 말이다. 키튼 중사는 그의 군 경력만큼 노련했고, 카르타고 소위는 그들의 마음을 헤아릴 수 있을 정도로 속이 깊었다.

"사, 살려 줘!"

카르타고 소위에게 목을 휘어 감겨 애처롭게 끌려가는 키튼 중사의 목소리. 그리고 아름드리나무 뒤에서 들려오는 둔탁한 타격음과 날카로운 비명 소리.

파박! 팍!

"아아아악!"

병사들은 자신도 모르게 키득거렸다.

"조금 나아지나?"

"예? 옙!"

상급병으로 보이는 병사가 초급병으로 보이는 병사에게 물었다. 그에 잔뜩 긴장하고 있던 초급병은 부동자세를 취하며 나직하지만 단호하게 답했다.

"긴장 풀어. 이곳은 전장이지만 지금은 휴식 중이다."

"그, 그래도."

"긴장하는 것도 좋지만 그렇게 항상 긴장하다가는 실제 전투가 벌어졌을 때는 아무것도 할 수 없다. 저기 분대장님이나 소대장님을 봐라. 중대장님 앞임에도 군장을 풀고 최대한 편하게 휴식을 취하고 있고, 중대장님 또한 아무런 제재를 하지 않는다."

상급병의 말에 초급병은 그들을 바라보았다. 그랬다. 누가 상급자이고 누가 하급자인지 모를 정도였다.

"그러니까 지금은 편하게 있어."

"아, 알겠습니다."

그제야 초급병은 자세를 풀었다. 그의 딱딱하고 창백했던 안색은 본래의 모습을 찾아가고 있었고, 거칠게 오르내리던 가슴 기복은 점점 잦아들기 시작했다.

"후우~ 죽는 줄 알았네."

상급병이 자리를 뜨고 그 자리를 동급병이 차지했다. 같은 초급병으로 군대에 들어온 동기였다. 그에 자세를 풀었던 초급병이 그를 바라보았다.

"어~ 맥이었구나."

"그래. 후우~"

맥이라 불리는 초급병도 자신과 마찬가지였나 보다.

"너도 그랬냐?"

"어? 아! 당연하지. 아직도 심장이 벌렁거린다."

동기인 맥이 그렇게 말을 하자 초급병은 자신만이 그런 것이 아님을 알고 안심했다. 그는 동기들에게 혹은 자신이 속한 분대나 소대에 누를 끼치고 싶지는 안았다. 자신은 나약하지 않았으니까.

그렇게 생각한 초급병은 그제야 살포시 미소를 떠올렸다.

"왜 웃냐?"

"아니 뭐. 나만 그런 게 아닌 듯해서 말이지."

"피식. 웃긴 놈. 아무리 날고 긴 놈이라고 해도 첫 전툰데 어디 그게 쉽냐?"

"그러게 말이다."

둘은 피식 웃어버렸다. 그렇게 둘은 여유를 찾았고, 첫 전투에 대한 강렬한 인상을 지울 수 있었다. 몬스터를 죽이는 것과 사람을 죽이는 것은 분명 달랐다.

그리고 1중대원들은 그러한 다름을 서로를 믿음으로써 이겨 나가고 있었다. 가장 힘든 첫 전투가 강렬하게 남을지언정 멍에처럼 평생을 지고 살아야 할 기억으로 남지는 않았다는 것이다.

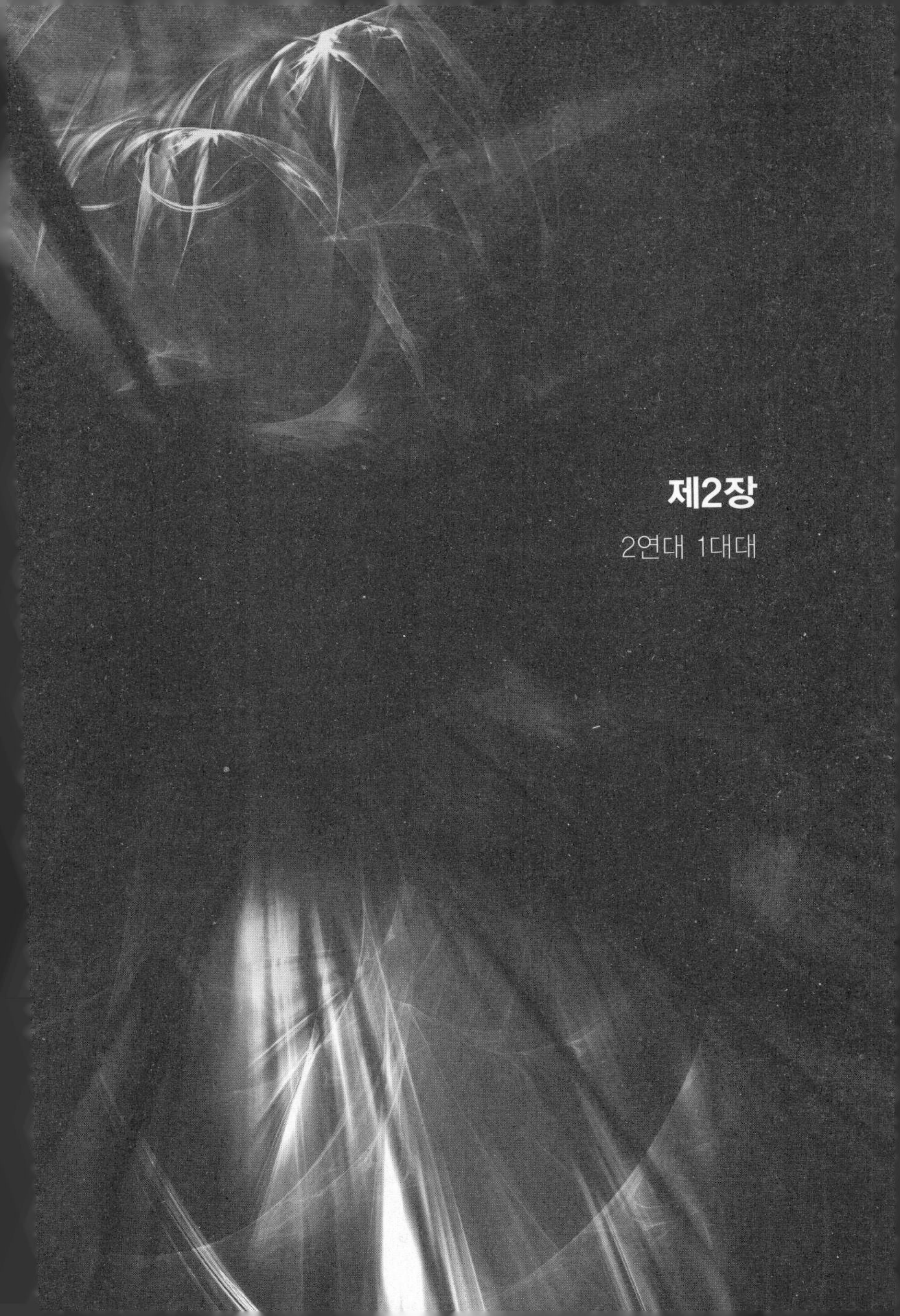

제2장

2연대 1대대

Warrior

그것은 참으로 좋은 현상이었다. 이제는 전우의 아픔조차 서로 다독일 수 있다는 것이기 때문이었다. 첫 전투에 조금은 우울해져 있던 분위기가 살아났다.

"어이! 키튼 중사. 몸도 찌뿌둥한데 한 번 어울려 볼까?"

"아니 왜 가만히 있는 나를 끌어들이십니까?"

한 편의 연극을 마치고 쉬고 있던 키튼 중사가 불퉁스럽게 카르타고 소위의 말에 답을 했다. 하지만 카르타고 소위는 아랑곳하지 않고 턱짓으로 패잔병처럼 널브러져 있는 병사들을 가리켰다.

부사관들은 적어도 5년 이상을, 소위들은 3년 이상을 바이큰 족과 싸우며 전선을 유지했다. 하지만 병사들은 그렇지 않았다. 살아남는다면 7년의 복무연한을 채우고 전역을 하겠지만 살아남지 못하면 그저 몇 실버의 위로금과 함께 전사자 명단에 오를 뿐이었다.

카라타고 소위와 키튼 중사의 웃기지도 않은 연극을 본 후 많이들 긴장을 풀기는 했지만 그렇다 하더라도 여전히 완전하지는 않았다. 지금은 작전을 수행 중이었다.

될 수 있으면 병사들이 빠르게 그 후유증을 벗어나게 하는 것이 중요했다. 그 후유증을 벗어나게 하는 가장 빠른 방법은 바로 믿음이었다. '우리가 이렇게 강하다' 라고 하는 서로에 대한 강렬한 믿음.

내 등을 동료에게 맡길 수 있다는 그런 믿음, 혹은 내가 죽지 않을 수 있다는 절대적인 믿음 말이다.

"합시다, 뭐."

그렇게 말을 나눈 둘이 동시에 카이론에게로 향했다. 카이론은 고개를 끄덕였다. 상관없다는 표시였다. 아니 오히려 스스로 나서주는 그들이 고마울 지경이었다.

중대장이 할 수 있는 몫이 있고, 중간의 소대장과 간부들이 할 수 있는 몫이 있었다. 여기서 카이론이 일장 연설을 한다면 위로는 되겠으나 빠르게 후유증을 벗어날 수는 없었다.

전투는 혼자만 강해서는 절대 승리할 수 없으니까. 그리고 1중대에서 가장 강한 사람이 중대장이라는 것은 모두 알고 있었다. 그가 나서 봐야 별 소용이 없다는 것이다. 이럴 때 카르타고 소위와 키튼 중사가 나서주니 오히려 고맙다고 할 수 있었다.

카이론의 승낙에 둘은 서로를 바라보았다. '우리가 이렇게 강하고 절대 패하지 않을 것이며, 죽지도 않을 것이다.' 라는 믿음을 주기 위해 하는 둘의 비무였지만 서로를 바라보는 시선은 뜨겁게 타올랐다. 카르타고 소위가 이베리안 글라디우스 두 자루를 양손에 나눠쥐었다.

키튼 중사는 쯔바이한더를 두 손으로 잡고 비스듬하게 섰다. 그러한 둘이 서로 대치하자 쉬고 있던 소위들 이하 모든 1중대원의 시선이 그들에게로 향했다.

그리고 아주 자연스럽게 그들 주변으로 둥그런 원을 만들어졌다. 카이론 역시 팔짱을 낀 채 그들을 바라보고 있었다. 막간의 유흥이다. 하지만 이 막간의 유흥이 가져다주는 효과는 상당하다 할 수 있었다.

"와봐."

"고수가 먼저 가는 법은 없지 말입니다."

카르타고 소위의 말에 이죽거리는 키튼 중사. 둘 사이에 스산한 분위기가 연출되었다. 병사들은 흥미진진한 모습으로 둘의 대결을 지켜보았다.

"좋아. 지면 동생이 되는 거다."

"어이고~ 이런. 오늘 팔자에도 없는 동생이 생기겠구만."

먼저 움직인 것은 카르타고 소위였다. 카르타고 소위의 특기는 빠르고 민첩하며 현란한 검세였다. 상대의 눈을 현혹시키고 정신을 빼앗은 다음 여지없이 들이닥치는 섬광.

그것이 곧 죽음을 의미한다. 하지만 키튼 중사는 마치 철벽처럼 서서 카르타고 소위의 빠르고 현란한 검을 묵직한 무거움으로 상대했다.

따다다당!

여러 번 부딪히면서 밤을 낮처럼 밝히는 불똥이 어지럽게 튕기기 시작했다. 동적인 카르타고 소위와 정적인 키튼 중사. 검술에서는 누가 감히 우위를 점했다고 할 수 없었다. 소위들 중 카라타고 소위의 무력이 가장 낮다고 하지만 놀라운 일이었다.

바이에른 소위와 종이 한 장 차이지만 어쨌든 서열 3위인 카르타고 소위. 그는 자신의 공격이 모두 막히자 얼굴을 딱딱하게 굳혔다. 쉽지 않을 것이라고는 생각했지만 생각보다 더 단단했다.

키튼 중사와 비슷한 중검을 사용하는 바이에른 소위와 겨뤘을 때에도 이런 압박감이나 마치 벽을 두드리는 듯한 느낌이 들지는 않았다.

'미켈슨보다 위인가?'

그가 보는 관점에서 키튼 중사는 명백하게 미켈슨 바이에른 소위보다 위의 전력이었다.

'어떻게 이럴 수 있는 거지?'

이해할 수 없었다. 키튼 중사가 검을 잡은 것은 불과 3개월. 자신들은 그 이전부터 잡았었고, 귀족 가문의 정통 검식을 가진 이들이었다. 그런데도 자신들보다 훨씬 정교하고 단단한 검술을 가지고 있는 키튼 중사였다.

하지만 그들은 잘못 생각하고 있었다. 키튼 중사가 가진 검술은 록사르 쯔바이한더 가문의 검술. 쯔바이한더라 이름이 붙여진 검 역시 성검이나 마검의 부류는 아니지만 일반적인 부류에서는 한참 벗어난 명검이다.

검이나 검술의 역사와 전통을 따진다면 그들이 쯔바이한더 가문의 검술을 따를 수 없었다. 그리고 전투에 대한 경험을 보자면 그들은 고작 3년이지만 키튼 중사는 적어도 10년 이상을 전장에서 살아왔다.

또한 그가 무기를 들지 않았을 뿐, 기본적으로 병사가 익힐 수 있는 모든 병기술을 익히고 있었다. 이미 기본이 철저하게 닦인 상태였다는 것이다. 거기에 역사와 전통을 가진 검술이

더해지자 물을 흡수하는 솜처럼 괄목할 만한 발전을 이룩한 키튼 중사였다.

카르타고 소위와 키튼 중사의 대련을 지켜보고 있는 바이에른 소위와 엔그로스 소위는 그것을 느낄 수 있었다.

'명가의 검술이다.'

그것도 최상급의 검술이었다. 그들은 자신도 모르게 침을 삼키며 키튼 중사를 바라보다 카이론을 흘깃거렸다. 그들이 알기로 저 검과 검술은 카이론이 그에게 준 것이었다.

'도대체 중대장님은 어떠한 사람인가?'

'중대장님도 중대장님이지만 그 짧은 시간에 이 정도로 소화시켜?'

알면 알수록 알 수 없는 사람이 되어가는 카이론 에라크루네스 중대장이었다.

변방의 백작 가문의 서자. 이복형의 미움을 사 장교의 무덤이라는 곳에 부임한 자.

거대한 신장과 누구도 상상할 수도 없었던 훈련법. 아공간과 신기막측한 무력에 한 번도 본 적 없는 기이한 병장기. 그리고 단숨에 모든 병사와 간부를 휘어잡는 카리스마까지.

'중대장님이 괴물이라는 것은 알았지만 설마 키튼 중사가 저 정도로 천재적인 소질을 가지고 있었다니.'

엔그로스 소위는 어느새 카이론을 그렇게 가슴 깊이 인정하게 되었다. 더불어 키튼 중사에 대한 생각 역시 완전히 바뀌고 있었다.

그간 키튼 중사와 대련하지 않았던 것은 아니었다. 그때도 흉험하기는 마찬가지였다. 카이론의 지론은 언제나 실전 같은 훈련이었으니 진검을 들고 훈련에 임하고 대련에 임했다.

하지만 그때와 지금 보여주는 실력은 천양지차로 달랐다. 또한 중대 간부끼리의 대련은 2개월 전부터 카이론하고만 할 수 있었다. 왜냐하면 거의 비슷한 실력으로 대련을 하면 실전처럼 하지 못할 뿐 아니라 전력을 다할 수도 없었기 때문이었다.

전력을 이끌어내고 실력을 상승시키기 위해서는 상대가 절대적으로 강하거나 마음대로 힘을 사용할 수 있는 상대가 있어야 하는데 그가 바로 카이론이었다. 카이론은 온실 속의 화초를 원하는 것이 아니라 야생화를 원했으니까.

그들이 알기로 2개월 전까지 키튼 중사는 분명 자신들보다 하수이거나 잘해 봐야 동수였다. 동수도 아주 잘 봐줘서 동수였다. 그런데 지금은 카르타고 소위를 압도하고 있었다.

"후욱! 후욱!"

카르타고 소위의 숨소리가 거칠어졌다. 반면에 키튼 중사는 멀쩡했다. 땀도 나지 않았고 숨도 거칠어지지 않았다. 명백하게 자신이 하수라는 것을 알 수 있었다.

그리고 키튼 중사의 실력은 소대장들 중 가장 선임인 엔그로스 소위와 비등하다는 것도 말이다.

'이게 말이 돼?'

말도 안 된다는 표정을 짓고 있는 카르타고 소위의 두 손에 힘이 들어갔다.

츠흐으으~

미약한 소리가 흘러나오며 그의 이베리안 글라디우스에 붉은색의 안개 같은 것이 퍼지기 시작했다. 오러 스트림이었다. 그것을 본 키튼 중사 역시 그의 쯔바이한더에 마나를 불어 넣었다.

쯔흐으읏!

키튼 중사 역시 붉은색의 오러 스트림이 일었다. 병사들은 마른침을 삼켰다. 그들 중 대부분은 한 번도 오러 스트림을 사용하여 대결하는 모습을 본 적이 없었다.

그러니 당연히 긴장될 수밖에 없었다. 그것은 소위들 역시 마찬가지였다. 자신들 역시 대련을 한다. 물론 목검 대련이 아닌 진검 대련이었다. 하지만 진검에 오러 스트림을 일으키지는 않는다.

다치는 정도가 아니라 죽을 수도 있기 때문이었다. 전투에 있어서도 마찬가지다. 적과 싸우는 내내 오러를 시전하고 싸우지 않는다. 오러를 쓸 만한 가치가 있는 자. 혹은 절체절명의 순간. 또는 적의 기세를 꺾어야 할 시기 등에 오러를 사용한다.

오러를 그렇게 사용하는 연유는 마나 홀에 저장된 오러는 한정되어 있기 때문이다. 마나를 자신의 무기에 형상화시키는 것과 전신의 혈관 혹은 근육과 뼈를 통해 운영하는 것과는 명백히 다르다.

엄밀히 말해서 자신이 들고 있는 무기는 내 몸의 일부분이 아니기 때문이다. 그것은 마나의 외부 발현이라 할 수 있었다. 그만큼 마나에 대해 익숙하고 마나를 세심하게 다룰 수 있어야 비로소 외부로 발현시킬 수 있었다.

그런데 그러한 오러를 각자의 무기에 담았다는 것은 상대를 반드시 죽이고야 말겠다는 필살의 의지를 나타낸 것이다. 그에 소위들은 살짝 놀란 표정이었다.

'저래도 될까?'

'저 정도인가?'

바이에른 소위와 엔그로스 소위는 속으로 외쳤다. 하지만 정작 당사자인 카르타고 소위는 달랐다. 그는 목숨을 걸었다. 흥분에 가까운 광기가 혈관을 통해 전신을 관통했다.

짜르르한 느낌이 사타구니 밑에서 척추를 타고 흘렀으며 오르가즘과 같은 쾌감이 전신을 휘감았다. 미칠 듯 뛰는 심장

박동 소리. 카르타고 소위가 그런 이유는 지금까지 전력을 다한 경우가 없었기 때문이었다.

물론 에라크루네스 중대장과 대련을 하면서 자신이 가진 모든 실력을 다하기는 했다. 하지만 그때와 지금은 달랐다. 절대적인 차이가 나는 존재를 상대하는 것과 비슷한 경지의 상대에게 전력을 다한다는 것은 다르니 말이다.

아무리 전심전력을 다한다 해도 절대적인 차이가 나면 그 내면에는 안도하는 마음이 있다. 왜냐하면 죽지 않는다는 확신을 가지고 있기 때문이었다. 그러나 지금은? 죽는다.

카르타고 소위의 신형이 이전과는 비교조차 할 수 없을 정도로 빠르게 움직였다. 그 움직임이 어찌나 빠른지 잔상이 남았고, 그 잔상마저도 실제와 똑같은 움직임을 보일 정도였다.

점점 더 자신이 추구하고자 하는 바에 가까워지고 있는 카르타고 소위의 검술이었다. 그의 가문의 검술은 환상과 빠름을 통해 상대를 눈을 현혹시키고 일 검에 적의 숨통을 끊는 검술.

한 단계 발전하고 있는 것이다. 죽음이라는 숨 막히는 전투에서 말이다. 키튼 중사는 여전히 철벽과 같은 자세였다. 어떠한 현혹에도 움직이지 않았으며, 환상과 빠름 속에서도 정확하게 자신의 전신 요혈을 노리는 카르타고 소위의 검을 막아내고 있었다.

키튼 중사의 움직임은 눈부시게 빨랐다. 도저히 무거운 양손검인 쯔바이한더를 휘두르고 있다고 생각할 수조차 없을 정도로 말이다. 붉은 불꽃이 사방으로 휘돌았다.

바람이 불고, 그들이 휘두르는 검의 방향에 따라 불꽃이 긴 꼬리를 이루었다. 칠흑같이 어두운 밤중에 어우러지는 죽음의 불꽃놀이었다. 그때부터 키튼 중사의 검이 움직이기 시작했다.

한 걸음 앞으로 나가며 찌르고, 다시 한 걸음 나가 몸을 돌리면서 그어 올렸다. 방향을 바꾸어 뒤로 물러나면서 무거움에 빠름을 가미하기 시작했다. 카르타고 소위가 밀리기 시작했다.

'강하다!'

카르타고 소위는 평가를 수정했다. 키튼 중사는 엔그로스 소위보다 강했다. 또한 그의 검은 명가의 검술이었다. 무거움과 빠름이 교묘하게 존재하여 환상 속에 빠름을 추구하는 자신의 검을 일격에 부수고 있었다.

콰카가각!

"크흐읍!"

카르타고 소위가 답답한 신음 소리를 냈다. 그는 급박한 스텝을 밟으며 미친 듯이 뒤로 물러나고 있었다. 그리고 마치 그런 카르타고 소위와 한데 묶인 것처럼 쇄도하는 키튼 중사였다.

턱!

그리고 한순간 카르타고 소위의 신형이 멈췄고, 그를 따라 가던 키튼 중사의 신형이 멈췄다. 장내의 상황이 드러났다. 카르타고 소위의 이베리안 글라디우스 두 자루가 X자 모양으로 무언가를 막고 있었다.

X자 모양의 교차점 정중앙에 키튼 중사의 쯔바이한더의 포인트(날끝)가 맞닿아 있었다. 카르타고 소위가 밀린 것이다. 그의 애병인 이베리안 글라디우스는 그의 목에 X자로 교차되어 자신의 목을 노리고 있었다.

정적이 흘렀다. 카르타고 소위의 얼굴은 믿을 수 없다는 듯이 자신의 목 부위를 바라보고 있었다. 그때 중후한 목소리가 그 정적을 깨뜨렸다.

"그만!"

촤라락!

카이론의 말에 키튼 중사는 즉시 검을 거두며 뒤로 물러났다. 키튼 중사의 얼굴에 웃음이 떠올랐다.

"이제부터 내 동생인 겁니다."

"아니 그……."

키튼 중사의 말에 카르타고 소위는 무언가 변명을 하려 했다. 하지만 아무리 대련이라 하지만 이미 입 밖에 내뱉어진 약속. 하잘 것 없는 약속이라도 지켜야 함은 물론이었다.

그때 들려오는 소리.

"둘 다 무기를 버린다."

카이론의 말에 그들은 이내 자신의 손에 쥐고 있던 무기를 자신들로부터 멀찍이 던졌다. 카르타고 소위는 살짝 웃음을 짓고 키튼 중사는 살짝 찡그렸다.

"나머지 무기 역시."

카이론의 말에 그들은 각각 손도끼나 단검 등 비상용으로 가지고 있던 무기를 던졌다. 그리고 카이론을 바라보았다. 카이론은 다시 팔짱을 꼈다. 다시 싸우라는 말일 것이다.

그에 카르타고 소위의 입에 진득한 미소가 떠올랐다. 그것은 키튼 중사 역시 다르지 않았다. 이제는 마나라든가 무기의 힘을 빌리지 말아야 했다. 무기를 버리라는 말은 오로지 육체의 힘만으로 싸우라는 말이었으니까.

"훅!"

짧게 숨을 끊어 내뱉은 키튼 중사가 먼저 선공을 했다. 하지만 카르타고 소위는 상체를 살짝 숙이며, 짧지만 승리했다는 자만심에 동작이 커진 키튼 중사의 비어버린 옆구리를 짧게 끊어 쳤다.

퍽! 퍼벅!

"큭!"

옆구리에서 전해지는 화끈한 고통에 충격을 완화시키기 위해 옆구리를 굽히면서 백스텝으로 빠르게 빠져나가는 키튼 중사. 하지만 그것을 그저 두고 볼 카르타고 소위는 아니었다.

파바팡!

물러나는 키튼 중사를 따라가며 안면에 훅(hook)을 연달아 작렬시키고 있었다.

키튼 중사는 물러서는 순간에도 두 팔을 들어 안면을 방어했고, 카르타고 소위의 훅을 방어해 낼 수 있었다. 하지만 팔을 통해 전해지는 타격감은 그리 간단한 것은 아니었다.

기세를 올린 카르타고 소위가 계속해서 키튼 중사의 품으로 뛰어 들며 상체를 타격하기 시작했다. 상체를 구부리고 두 팔로 안면을 견고하게 방어하는 키튼 중사의 눈이 빛나고 있었다.

기회를 노리고 있는 것이다. 수세에 몰리기는 했지만 그렇다고 큰 충격을 받은 것은 아니니 사냥감을 노리는 호랑이처럼 가드 사이에서 눈빛을 빛내고 있는 것이다.

그리고 어느 순간.

퍽!

"큭!"

카르타고 소위의 빈틈에 주먹을 작렬시키는 키튼 중사. 카르타고 소위는 불의의 기습에 신형을 휘청였다. 뒤이어 쏘아져 오는 키튼 중사의 스트레이트. 카르타고 소위는 중심을 뒤로 두다 어느새 중심점을 옮기더니 자신을 향해 다가 오는 스트레이트를 피하며 키튼 중사의 품 안으로 파고들었다.

한 손으로는 키튼 중사의 손목을 잡고 다른 한 손으로는 레더 메일의 목 아래를 잡아 등에 업고 어깨너머로 크게 원을 그리듯 메쳤다.

쿠득!

"크으윽!"

짧은 신음성을 내뱉은 키튼 중사. 그는 바로 일어나려 했지만 그 위를 카르타고 소위가 걸터 앉았다. 마운트 포지션(Mount Position)이었다.

그리고 이어지는 파운딩.

퍼버버벅!

소나기 같은 펀치가 키튼 중사의 안면에 작렬했다. 하지만 키튼 중사는 방어는 철저했다. 가드를 올리고 계속 방어하고 피하다가 카르타고 소위의 무게 중심이 살짝 아주 잠깐 흔들리는 틈을 타 하체에 힘을 주고 허리를 튕기듯 들어올렸다.

"어억!"

그에 카르타고 소위가 단말마를 내며 모로 쓰러졌다. 키튼 중사는 카르타고 소위의 무게가 쏠리는 쪽으로 몸을 넘기며 일어섰다. 그리고 빠르게 뒤로 물러났다. 그것은 카르타고 소위 역시 마찬가지였다.

"후욱! 후욱!"

안면 가드와 싸울 태세를 마친 둘은 연신 어깨를 들썩이면서도 시선은 상대방을 직시하고 있었다. 틈을 찾는 것일 게다. 카르타고 소위가 잽을 툭툭 던져 보았다.

하지만 슬쩍슬쩍 피해내는 키튼 중사.

"후욱! 피하나?"

카르타고 소위가 입을 열어 도발했다.

"그럼 맞아야 합니까?"

"덤벼! 덤벼 봐!"

들어오라는 듯이 안면 가드를 풀고 두 손으로 들어오라는 듯이 손을 안으로 흔드는 카르타고 소위.

"좋지! 우와아악!"

키튼 중사가 마치 소처럼 카르타고 소위를 향해 쇄도했다. 카르타고 소위는 달려오는 키튼 중사를 향해 주먹을 크게 휘둘렀고, 키튼 중사는 허리를 급격하게 접으며 오른쪽 어깨로 그대로 카르타고 소위의 복부를 들이받았다.

숄더 차징.

"커헉!"

"우와아악!"

카르타고 소위는 단말마의 신음을 냈다. 키튼 중사는 미친 듯한 함성을 지르며 그의 허리를 잡고 밀고 들어갔다. 카르타고 소위는 주먹과 팔꿈치로 키튼 중사의 등을 후려쳤지만 제대로 된 타격을 줄 수는 없었다.

"크흐읍!"

카르타고 소위가 오른발을 뒤로 해 단단히 몸을 받쳤다. 밀리기는 했지만 처음처럼 형편없이 날아가지는 않았다. 그리고 키튼 중사의 허리를 두 손으로 잡았다.

그리고 튼튼한 두 발로 단단히 버티고 키튼 중사를 허리를 꽉 움켜쥐기 시작했다.

"끄아아압!"

키튼 중사가 서서히 들렸다. 자신보다 큰 키튼 중사를 들어올리고 있는 것이었다. 그러더니 어느 순간 폭발적으로 회전하는 키튼 중사의 신형과 카르타고 소위의 신형.

카르타고 소위의 허리가 활처럼 휘었고, 키튼 중사는 가슴에 전해지는 커다란 충격에 잠시 정신을 잃을 정도였다. 하나, 아직 그들의 싸움은 끝난 것이 아니었다.

카르타고 소위는 키튼 중사를 잡고 백덤블링을 한 후 신형을 내리며 그대로 무릎으로 키튼 중사의 명치를 치고 들어갔다.

턱!

하지만 막혔다. 키튼 중사는 두 손으로 카르타고 소위의 무릎을 막아냈고, 그를 밀친 후 재빠르게 몸을 일으켰다. 카르타고 소위의 발이 키튼 중사의 얼굴로 날아들었고, 키튼 중사는 두 손으로 발을 막아내자마자 카르타고 소위의 품속으로 파고들며 옆구리에 주먹을 작렬시켰다.

"큭!"

짧은 신음과 이어지는 반격. 둘은 이제 기술을 쓸 일이 없었다. 미친 듯이 주먹을 주고받으며 서로를 향해 감정을 폭발시키고 있었다. 맞으면서 때리고, 때리면서 맞았다.

피가 튀었다. 그럼에도 둘은 멈추지 않았다. 서로의 몸을 잡고 뒹굴면서 주먹을 날렸고, 발로 차기도 했다. 거친 숨소리가 흘러나왔으며, 그들의 싸움은 근 한 시간이 지나도록 계속되고 있었다.

그리고 마지막 둘의 주먹이 느릿하게 서로를 향했다.

퍼벅!

크로스 카운터.

호흡이 정지했다. 피가 튀고 땀이 튀었다. 둘의 싸움 역시 정지했다. 그리고 느릿하게 쓰러져 가는 키튼 중사와 카르타고 소위였다.

털썩! 털썩!

그들은 그대로 넘어졌다. 지켜보는 병사들은 숨을 죽였다.

하지만 그들의 눈은 이미 전투의 후유증을 이겨내고 있었다.

강군이란 무력만 강해서 되는 것이 아니었다. 몸을 움직이는 정신이 강해야만 진정한 강군이라 할 수 있었다. 그러한 면에서 1중대는 이미 강군 중의 강군이 된 것이었다.

"후욱! 후욱! 씨, 씨발!"

"퉤엣! 후욱! 지랄!"

각자 거친 숨을 내쉬며 입을 여는 둘이었다.

"후욱! 이번엔 내가 이긴 거야."

"그런 게 어디 있습니까? 무승부입니다. 1승 1무. 제가 형이지 말입니다."

"두 번이 아냐. 한 번이지. 무승부니까 그대로 된 거지."

"그런 경우가 어디 있습니까?"

"여기!"

"아우~"

말도 안 된다는 듯이 아쉬워하는 키튼 중사의 말과 달리 그의 얼굴은 만족의 웃음이 떠올라 있었다. 이러나저러나 뭐 어떤가? 짝퉁이기는 하지만 귀족가의 자제와 맞먹을 수 있다는데 말이다.

그러한 둘을 바라보는 바이에른 소위와 엔그로스 소위는 복잡한 얼굴을 하고 있었다. 그러한 그들을 보며 카이론은 언월도를 쥐고 일어섰다.

"부럽나?"

"……."

카이론의 정곡을 찌르는 말이었다. 그들은 말을 하지는 않았지만 부러웠다. 진정으로 질투 날 정도로 부러웠다. 누구는 평생을 검을 잡아서 익스퍼트인데 누구는 불과 5개월이라는 짧은 기간 만에 익스퍼트에 올랐다.

그것도 자신들을 압도할 정도로 말이다. 그러니 질투 나고 부러웠던 것이다.

"마음가짐이 다르다. 너희들은 생각할 것이 많지. 하지만 키튼 중사는 생각할 것이 없었다. 그는 병사에서부터 차곡차곡 올라온 자다. 그의 목적은 오로지 살아남는 것이고 그의 행동지침은 오직 나의 명을 따르는 것이다. 그는 이 두 가지를 제외한 모든 것을 버렸기에 너희들보다 빠르게 더 많은 것을 얻을 수 있었던 것이다. 또한 그는 모든 병장기를 다룰 줄 알며 그만큼 기본이 탄탄하다."

카이론의 말에 세 명의 소위는 인정할 수밖에 없었다. 자신들은 가진 것이 없다고 생각했다. 하지만 여전히 가진 것이 많았다. 귀족 가문의 자제라는 것. 병사가 아닌 장교에서부터 시작했다는 것.

이미 남들은 가질 수 없었던 중급 혹은 고급의 검술을 가지고 있다는 점. 남들보다 돈을 조금 더 가지고 있다는 것. 그들은 버림받았다고 생각했지만 여전히 기득권층이었고, 가진 것이 너무 많았다.

때문에 고민할 것도 많았다. 생각할 것이 많으니 집중이 되지 않는다. 지켜야 했고 두려워해야 했으며 갈망해야 했다. 하지만 키튼 중사는 가진 것이 없었다.

그는 병사에서부터 시작했다. 돈도 없었으며 고아였다. 그는 처음부터 살아남는 것만을 목표로 가지고 있었다. 그는 자신을 알아주는 이를 위해 목숨을 바칠 준비가 되어 있었다.

그는 뼈가 부러지고 피를 토할 정도로 훈련에 훈련을 거듭했다. 미친 듯이 카이론에게 달려들었고, 싸운 지 채 1분도 되지 않아 전신의 마나와 체력이 고갈 돼 숨을 껄떡대기가 일쑤였다.

그리고 그 결과가 지금 보여지고 있었다. 그는 세 명의 소위를 압도했다. 분명 카르타고 소위와 단 한 번의 대결을 가졌지만 이미 그는 세 명의 소위를 압도했다.

소위들은 알고 있었다. 전력을 다하더라도 개별적으로 겨룬다면 자신들의 필패, 두 명이면 필승. 세 명이면 압승. 적어도 키튼 중사는 일대일로는 소위 중 그 어떤 이도 감당할 수 있는 실력이라는 것을 말이다.

"버… 려야 합니까?"

"모든 것을 가지고 무엇을 할 수 있을까? 너희들은 얼마나

절박하지?"

키튼 중사는 절박하다. 돌아갈 곳이 없다. 하나, 이들은 제대로 된 대우는 받을 수 없을지라도 돌아갈 곳이 있었다. 절박하지 않다는 것이다. 그들은 항변할 것이다.

'우리도 절박하다!' 라고 말이다.

하지만 진정 절박할까? 반드시라고는 말할 수 없을 것이다. 그들은 그들 스스로 한계를 만들어 놓고, 그 한계 내에서 절박했다. 한마디로 복에 겨운 투정이라 할 수 있었다.

물론 이 모든 것은 상대적인 것이다. 절대적인 잣대가 있는 것은 아니니까 말이다. 행복도 상대적이며, 명예도 상대적이며 부도 상대적이다. 상대적일 수밖에 없는 것은 바로 인간이 가진 욕심 때문이다.

카이론은 그들이 곁을 스쳐 지나갔다. 그들은 어깨를 축 늘어뜨린 채 아무런 행동도 하지 못했다. 마치 망치로 뒤통수를 제대로 한 대 맞은 느낌이 들었기 때문이었다.

돌이켜 보면 자신들은 절박하지 않았다. 귀족을 멸시하고 욕하면서도 자신들은 귀족이 하는 행동을 그대로 따라 하고 있었다. 아니라고 하면서 그들은 이미 귀족이었던 것이다.

엔그로스 소위가 고개를 절레절레 저었다.

"우리는 아직 멀었구나."

그는 인정했다. 그리고 그것이 시작임을 알 수 있었다. 조금은 홀가분해졌다. 어깨가 조금 가벼워지고 마음이 조금 편해졌다. 자신들은 이룰 수 없는 것에 대한 욕망에 목말라 하고 있었다.

제발 자신들을 봐 달라고, 이렇게 아프고 힘드니 우리를 위로해 주고 이해해 달라고 떼를 쓰고 있었던 것이다. 몸은 어른이었으나 정신은 아직 치기 어린 아이였던 것이다.

"나는 가문을 버리겠다."

불현듯 바이에른 소위가 입을 열었다. 그는 바로 이 순간 자신이 참 먼 길을 돌아왔음을 알 수 있었다.

가문에서 버려졌음에도 희망을 버리지 못했다.

그 어리석음 때문에 자신의 진정한 속마음을 입으로 내뱉기까지 진정 오랜 시간이 걸렸다.

이제야 그는 자신의 생각을 입 밖으로 내뱉음으로써 가문과의 끈을 정리한 것이다. 그러자 지끈거리던 머리가 맑아짐을 느꼈다. 피할 수 없으면 즐기는 것이다. 이 상황, 그리 나쁘지는 않았다.

훌륭한 중대장이 있고 훌륭한 부대원이 있으며 훌륭한 동료가 있지 않은가? 이 보다 더 좋을 수는 없지 않은가?

"그리고 보여줘야겠지. 나를 버린 대가가 얼마나 혹독한지 말이지."

복수를 다짐하는 것이다. 하지만 그 복수라는 것이 피를 흘리는 복수가 아니라는 것을 카르타고 소위와 엔그로스 소위도 알고 있었다. 그들이 원하는 진정한 복수는 가문을 자신들의 발치 아래 무릎 꿇리는 것이 아닌 자신이 스스로 오롯하게 바로 서는 것을 말했다.

키튼 중사는 아홉 명의 척후조와 함께 어둠 속을 이동하고 있었다. 그들은 산악 과정과 생존 과정을 거치며 익힌 야간 전술 보행으로 은밀하게 움직이고 있었다.

하지만 21C 대한민국의 야간 전술 보행으로 생각하면 오산이었다. 그들의 움직임은 무척이나 빨랐다. 마치 달려가는 듯이 말이다. 하지만 그들의 움직임에서는 어떠한 소음도 나지 않았다.

그렇게 한참을 이동하던 중 가장 선두에 섰던 키튼 중사가 왼손을 들어 정지 신호를 보냈다. 갑작스러운 수신호였지만 척후조의 행동은 기민했다. 모든 시선이 키튼 중사에게로 향했다.

좌우측으로 각각 다섯 명씩 나눠져 대기했다. 자연스러운 행동이라 할 것이다. 이동을 멈췄다는 것은 무언가 걸렸다는 것이고, 그 무언가를 빠르게 파악하여 제거하거나 혹은 우회하는 작전이 있을 것이니 말이다.

키튼 중사는 자신의 왼편에 있는 한 명을 지명하고 손가락을 셋을 가리켰다. 그리고 방향을 지시했고, 오른편에 있는 자에게도 똑같은 행동을 반복했다. 그들은 고개를 끄덕인 즉시 야간 전술 보행으로 이동하기 시작했고, 키튼 중사의 뒤에는 두 명의 병사가 남았다.

키튼 중사의 움직임이 더욱 신중해졌다. 빠르게 이동하는 야간 전술 보행이 아닌 한 걸음을 이동하는데 30초나 걸릴 정도로 지극히 정숙하며 은밀한 움직임이었다.

그러기를 30분여. 마침내 키튼 중사는 자신이 느꼈던 기척 근처에 도달했다. 키튼 중사는 마나를 움직여 눈에 집중시켰다. 갑자기 대낮처럼 사방이 밝아지며 어둠 속에 몸을 숨기고 있던 척후조의 모습을 볼 수 있었다.

고개를 끄덕인 키튼 중사는 다시 전방을 살폈다. 그곳에는 대략 50여 명에 이르는 병사가 있었다. 복장 여기저기가 찢기고 너덜너덜해져 원래의 모습을 찾아볼 수는 없지만 카테인 왕국의 복장이란 것은 분명했다.

하지만 키튼 중사는 곧바로 움직이지 않았다. 혹시라도 모를 일이었다. 그때 그의 귀가 아닌 뇌를 통해 울려오는 목소리가 있었다.

'나서도 상관없다.'

키튼 중사의 눈이 커졌다. 분명 에라크루네스 중대장의 목소리였기 때문이었다. 이곳은 깊은 산중이다. 그것도 달도 뜨지 않는 칠흑 같은 밤이고 말이다. 그런데 자신들의 상황을 정확하게 파악하고 있었다.

'말도 안 돼!'

지금 중대와 이곳의 거리는 거의 5km 남짓이었다. 아무리 눈이 좋아도 이런 칠흑 같은 어둠을 뚫고 5km 전방을 관찰한다는 것은 무리라 할 수 있었다. 그런데 에라크루네스 중대장은 모든 것을 꿰뚫어 보고 있었다.

믿을 수 없었지만 키튼 중사는 침착했다. 그리고 결코 얼굴에 놀라운 표정을 드러내지 않았다.

얼굴에 칠해진 어둠과 똑같은 위장색도 그 표정을 감추는데 단단히 한몫을 하고 있었다. 그는 손가락 마디만 구부려 머리 위에서 빙글빙글 돌렸다.

포위 후 대기하라는 수신호였다. 그에 좌우로 퍼져 있던 병사들이 손을 엄지와 검지를 둥글게 말아 알았다는 수신호를 보내왔다. 그 먼 거리에서, 그리고 이 어두운 상황에서 수신호를 볼 수 있다는 것 자체가 대단한 것이라 할 수 있었다.

마나를 다룰 줄 아는 것도 아니고 말이다. 하지만 이들은 가능했다. 원래 밤눈이 밝았고 생존 과정을 걸치면서 척후조로서 특별 훈련을 받은 병사들이었으니 말이다.

키튼 중사가 움직였다. 50여 명의 병사는 결코 짜임새가 없지 않았다. 경계병을 배치했고 순찰을 돌았으며 나름대로 은밀하게 움직이고 있었다. 소음도 최소화하면서 말이다.

"후우~ 대체 언제까지 이래야 되는 건지."

경계를 서던 병사 중 한 명이 나직하게 소곤거렸다. 그들은 어둠 속에 잠긴 전면을 응시하면서도 지금의 신세를 한탄하는 것 같았다.

"그래도 뭐 살았으니 다행이지 않은가?"

"그렇기는 하네만. 대대장님도 오늘내일할 정도인 것 같은데 말이지. 빨리 여기를 벗어나지 못하면 결국 몬스터의 밥이 되겠지."

음울한 목소리였다. 그나마 아주 작은 희망의 끈을 놓지는 않고 있었으나 그들의 대화 속에는 암울한 기운이 깊이 배어 있었다. 눈에 마나를 담은 키튼 중사는 그들의 모습을 정확히 볼 수 있었다.

머리는 봉두난발에 수염을 얼마나 깎지 않았는지 덥수룩했다. 또한 눈 밑으로는 어둠이 짙게 드리워져 있으며, 전체적으로 남루하고 영양 상태가 좋지 않아 보였다.

어디의 병사인지는 알 수 없었다. 신분을 숨기기 위해 계급을 나타내는 모든 것을 제거한 상태였기 때문이었다. 키튼 중사와 그를 따르는 한 명의 병사가 은밀하게 그들의 뒤로 접근했다.

경계를 서는 두 병사는 전혀 그 낌새를 알아차리지 못했다.

피곤한 것도 있었고, 다소 방심한 면도 없지 않아 있었다.

툭!

"응?"

무언가 부러지는 소리에 병사 한 명이 고개를 돌려 뒤를 바라봤다.

"헉!"

"무슨, 읍!"

키튼 중사의 손에 들려진 짧은 더크가 한 병사의 턱 밑에 스산한 빛을 내며 대어져 있었고, 다른 병사는 키튼 중사와 함께온 병사가 입을 막고 목에 더크를 대 위협했다.

"쉬이잇!"

키튼 중사가 검지를 입술에 대고 들릴 듯 말 듯 소리를 냈다. 그에 병사는 마른침을 삼키며 고개를 끄덕였다. 보통은 발악을 했을 것인데 이들은 지쳤는지 오히려 순순히 키튼 중사의 명령에 따를 뿐이었다.

"소속은?"

"카테인 왕국 3군단 예하 6사단 7연대 1대대 소속 상급병 마이크."

"군표는?"

키튼 중사의 말에 마이크 상급병은 눈짓으로 자신의 왼쪽 가슴을 가리켰다. 키튼 중사는 여전히 더크를 목에 댄 채 마이크 상급병이 가리킨 왼쪽 가슴 어림 안쪽을 만졌고, 청동으로 되어 있는 군표를 볼 수 있었다.

키튼 중사는 마이크 상급병이 건넨 군표를 만져 보았다. 분명 카테인 왕국의 군표가 맞았다. 하지만 아직 안심하기에는 일렀다. 본래의 주인을 죽이고 이들이 그들의 행세를 할 수 있었기 때문이었다.

그때, 미약한 소리가 키튼 중사의 귀에, 아니 그의 뇌를 통해 들렸다. 키튼 중사가 마이크 상급병의 목에 더크를 댄 채 그의 어깨를 잡고 웅크리고 앉았다.

'중대장이다.'

전방을 바라보았다. 그곳에는 마치 아무렇지도 않다는 듯이 기이한 병장기를 어깨에 턱 걸치고 움직이는 거인이 있었다. 그렇게 움직이고 있음에도 불구하고 어떠한 소음도 들려오지 않았다.

그 예로 마이크 상급병은 카이론이 걸어오고 있는 것을 짐작조차 못하고 있었다. 실로 경이로운 모습이라 할 것이다.

'도무지 알 수 없는 양반이로군.'

그의 생각과는 달리 그의 오른손은 어느새 가볍게 쥐어 좌측 가슴에 대고 있었다. 이런 적지에서 하기 위험한 행동이었지만 빨랐다. 제압된 상대가 어떤 반응조차 할 수 없을 정도로 빨랐다.

"9군단 예하 3사단 23연대 98대대 1중대장 카리온 에라크루네스다."

어느새 마이크 상급병 옆에 도착한 카이론이 입을 열었다. 마이크 상급병은 그 소리에 주변을 둘러보다 거대한 실루엣을 보고 입을 떡 벌릴 수밖에 없었다.

따끔!

그때 그의 목에서 따끔한 느낌을 받았다. 마이크 상급병은 입을 다물고 자신의 혀를 깨물어 정신을 차렸다.

'살다 살다 이처럼 큰 사람은 처음이군.'

그가 그리 생각할 때 또 다른 병사에게 제압되었던 한 명의 병사가 나직하게 입을 열었다.

"…살았다."

마치 정신을 툭 놓는 듯한 목소리였다. 카이론의 시선의 그 병사에게로 향했다.

"패잔병인가?"

"그, 그렇습니다."

"안내하도록."

"며, 명을 받습니다."

상급병 마이크가 앞장섰다. 말 그대로 그들은 살았다고 생각했다. 다만, 병력이 중대급이라 조금은 불안했지만 말이다.

"서라! 누구냐!"

"마이크 상급병이다!"

"아! 전진!"

외곽 경계를 서던 마이크 상급병이라는 말에 외곽보다는 조금 더 촘촘하게 경계를 서던 내부 경계 병사가 부대 구호를 외치며 가슴에 손을 댔다. 마이크 상급병도 똑같은 행동을 해 보였다.

"그런데……."

"3사단 98대대 1중대장님이시다."

"아! 전진!"

"단결!"

전혀 의심하지 않았다. 아니 오히려 그 병사의 얼굴에는 살았다는 표정이 가득했다. 그때, 부스럭거리는 소리가 들려오며 어둠을 밝혀주는 최소한의 횃불을 들고 누군가 다가왔다.

"무슨 일인가?"

"아군입니다. 우린 살 수 있습니다!"

내부 경계를 서던 병사가 다가오는 횃불을 보며 기쁨에 찬 목소리로 외쳤다. 들떠서인지 의외로 소리가 컸다. 그에 갑자기 횃불이 밝혀지고 모닥불이 살아나기 시작했다.

어두웠던 곳이 일시에 밝아졌다. 꽤 넓은 공터가 보였고, 그 뒤로 거대한 바위와 함께 사람이 드나들 정도로 큰 입구를 가진 동굴을 볼 수 있었다. 횃불을 들고 있던 사내의 뒤로 몇 명의 병사가 병장기를 들고 따랐다.

경계하는 모습이 역력했다. 횃불을 들고 있던 사내가 카이론에게로 횃불을 향했다. 아마도 계급장을 확인하는 것일 게다.

"전진! 6사단 2연대 예하 1대대 본부중대 3소대장 토마스 마틴입니다."

"단결! 3사단 23연대 예하 98대대 1중대장 카이론 에라크루네스다."

"반갑습니다. 먼저 대대장님께 안내하겠습니다."

"그러도록."

키튼 중사는 상당히 꼼꼼하게 상대방을 살피는 반면에 1대대는 그리 꼼꼼하지 않았다. 아무래도 이들은 지쳤고, 지친 만큼 상대에 대한 경계가 그리 강하지 않았다.

카이론은 동굴 내부로 들어가면서 주변을 살폈다. 제대로 된 모습을 하고 있는 병사를 별로 없었다. 부사관도 없었다. 장교라고는 3소대장과 다쳐서 오늘내일하고 있는 대대장만 있는 것 같았다.

정확히 51명. 본부중대를 포함해 5백에서 7백에 이르는 것이 정상적인 대대의 편재였다. 그중 51명이 남았다는 것은 거의 전멸과 다름없었다.

"대대장님 이십니다."

마틴 3소대장이 가르킨 곳에는 거의 죽어가는 중령 한 명이 있었다. 중령이면 적어도 정식 작위를 가지고 있는 남작이나 자작일 것이다. 그리고 그런 작위를 가진 귀족이 이런 전방의 전투 부대에 투입되는 것도 극히 드물었다.

"바라웨의 마르틴 카플루스 자작님이십니다."

"으음."

그때 카플루스 자작이 미약한 신음을 내며 깨어났다. 그는 눈을 뜨고 힘없이 고개를 옆으로 돌렸다. 그리고 카이론을 발견하고는 마른 침을 삼킨 후 어렵게 입을 열었다.

"…누군가?"

"3사단 23연대 예하 98대대 1중대장 대위 카이론 에라크루네스입니다."

"정찰 임무인가?"

카이론의 말을 듣고 이내 고개를 돌려 다시 전면을 바라보더니 다시 묻는 카플루스 자작이었다. 그의 얼굴은 초췌했고, 입술은 말라 비틀어져 있었다., 대충 상처를 싸매고 제대로 된 치료를 하지 않았던지 더러워진 상처 부위에서 누런 농이 흘러내리고 있었다.

"좀 봐도 되겠습니까?"

대답 대신 되묻는 카이론이었다. 그에 카플루스 자작은 힘없이 웃으며 힘겹게 고개를 끄덕였다. 그의 표정은 속마음이 그대로 드러나 있었다. 이미 모든 것을 포기한 그런 표정 말이다.

카이론은 더러워진 헝겊으로 대충 둘둘 말려 있던 상처 부위를 들췄다. 카플루스 자작의 상처 부위는 총 세 곳이었다. 가장 큰 상처 부위는 복부였고, 다음으로 허벅지와 어깨 부위였다.

그중 어깨는 복부와 허벅지와는 다르게 그리 큰 상처는 아니었다. 하지만 복부와 허벅지는 꽤 큰 상처였다. 제대로 치료를 받지 못해 환부 주변이 조금씩 썩어 들어가고 있었다.

한마디로 죽기 일보 직전이었다. 어떻게 사람이 이런 상태로 살아 있을까 하고 의문이 생기지만 사람이 죽으려면 지극히 쉽게 죽기도 하지만 살려고 하면 어떤 어려운 상황에서도 살아남는다.

그것이 사람의 생명이다. 그중 카플루스 자작은 후자에 해당했다. 그는 살아남은 것이다.

"대대장님께서는 운이 좋으시군요."

카이론의 말에 카플루스 대대장은 무슨 말인지 몰라 퀭한 눈으로 카이론을 뚫어지게 바라보았다. 카이론은 자신의 군장의 한 부분을 열어 무언가를 꺼내 들었다.

그가 꺼내 든 것은 성인 엄지손가락만 한 병이었다. 하나는 푸른색 또 하나는 붉은색이었다. 그것을 보는 카플루스 대대장의 눈동자는 미미하게 떨렸다. 그것이 무엇인지 알아본 것이었다.

"엔그로스 소위!"

"부르셨습니까?"

"지금부터 치료에 들어간다. 치료하는 동안에는 그대가 모든 지휘권을 가진다."

"명!"

엔그로스 소위가 동굴 밖으로 벗어났다. 그는 지금 상황에서 무엇을 해야 할지 너무나도 정확하게 알고 있었다. 생존과정에는 지금과 같은 상황에 대한 대처법도 있었으니까.

"키튼 중사!"

"명!"

"척후조와 함께 병사들을 치료한다."

그렇게 말을 하면서 붉은색 병을 키튼 중사에게 건네주었다.

"절반은 환부에 뿌리고 절반은 음용시키도록 한다."

"명!"

카이론이 꺼내 든 것은 포션이었다. 포션이란 것이 잘린 팔다리를 붙일 수는 없지만 썩어가는 환부나 내상을 다스리는 데는 탁월한 효과가 있었다. 그래서 대부분의 부대는 이런 포션을 상비하게 마련이었다.

하지만 이들은 이미 가진 포션을 다 사용한 듯 보였다. 그리고 대대급이나 중대급에 보급되는 포션이라고 해봐야 그 질이 지극히 떨어지는 것뿐이었다.

덕분에 카이론이 이들을 치료하기가 훨씬 수월해졌다. 이들은 살아남기 위해 이동에 저해되는 전우들을 버릴 수밖에 없었다. 그리고 여기 남은 이들은 그나마 아픔과 고통을 참아내며 이동할 수 있는 이들이었기 때문이었다.

명을 내린 카이론은 카플루스 대대장의 입에 헝겊을 두른 나뭇조각을 물린 후 환부를 조심스럽게 닦아 냈다. 그런 후 즉시 적색의 포션을 카플루스 대대장의 환부에 붓기 시작했다.

치이이익!

"크으으윽!"

순간 살이 녹아들어 가는 듯 붉은색의 포션이 닿는 부분에 거품이 일어나기 시작했고, 카플루스 대대장은 눈을 번쩍 뜨며 전신을 부들부들 떨었다. 이루 형언할 수 없는 고통이 그의 전신을 강타한 것이다.

와득!

헝겊을 두른 나뭇조각이 부러질 듯 으깨졌다. 카이론은 무심한 눈동자로 그런 카플루스 대대장을 보더니 이내 허벅지 부근에도 붉은색의 포션을 부었다.

"크으으음!"

창백하던 카플루스 대대장의 얼굴이 번들거렸다. 그의 이마는 굵은 땀방울이 맺히기 시작했다. 그것은 상처 부위를 회복시키는 포션이 주는 고통이 상상 이상이라는 것을 의미했다.

그의 전신이 부들부들 떨리기 시작했다. 앙다문 입에서는 핏물이 흘렀고, 뼈만 앙상하게 남았던 그의 손가락이 동굴의 바닥을 파고들었다. 그러기를 5분여.

"허억!"

갑자기 가죽 부대에서 바람이 빠지는 듯한 숨을 내쉬던 카플루스 대대장의 신형이 축 처졌다. 카플루스 대대장의 복부와 허벅지가 어느새 완벽하게 회복되어 있었다.

카이론은 카플루스 대대장의 입에 물렸던 헝겊을 두른 나뭇조각을 빼내고 조심스럽게 푸른색의 포션을 그의 입속으로 흘려 넣었다. 넘치지 않게, 기도가 막히지 않게 아주 서서히 흘렸다.

그 모습을 처음부터 끝까지 지켜보고 있던 3소대장 토마스 마틴. 그는 지금 굉장히 놀라고 있었다. 포션은 보급품 중 하나였다. 다만 대대급이나 중대급에 지급되는 포션은 그저 피육의 상처 정도만 회복시킬 수 있는 하급 중의 하급이었다. 그런데 뻥 뚫린 상처와 죽어가는 피부를 되살리고 뼈가 훤히 보일 정도로 너덜너덜해진 신체를 단 5분여 만에 회복시키는 포션이라니. 그것은 최상급 중 최상급이었다.

장군이나 영관급에서도 영향력 있는 대령급의 장교만이 가질 수 있는 그런 포션 말이다. 당연히 그런 포션은 굉장히 비싸다. 더군다나 지금 병사에게 사용하는 포션조차도 카플루스 대대장에게 사용한 정도의 최상급은 아니어도 중급 이상의 것으로 보였다.

자신의 직속상관도 아니고 전혀 다른 부대의 장교와 병사들에게 손이 덜덜 떨릴 정도의 고가의 포션을 사용한다는 것은 정말 놀라운 일이다.

"마틴 소대장."

"예?"

"불을 피우도록!"

"그것은……."

대답할 수 없었다. 불을 피울 수는 없었다. 이곳은 적지다. 더군다나 시각과 청각, 그리고 후각이 동물적으로 발달한 바이큰 족이라면 자신들의 위치를 찾지 못할 리가 없었다.

더군다나 자신들은 지금 쫓기고 있었다. 그 무작스러운 바이큰 족의 전사들은 무서울 정도로 집요했다. 그들은 자신들의 동료를 잡아 산채로 머리 가죽을 벗기고, 모두가 보는 앞에서 목을 베었다.

"이곳으로 오던 중 적의 정찰대로 보이는 중대 규모의 백인대를 만났지."

별것 아니라는 듯이 담담하게 말을 하는 카이론이었다. 하지만 마틴 소대장은 그 말뜻을 바로 파악할 수 있었다. 적을 만났음에도 이들은 온전하게 중대 규모의 병력을 유지하고 있었다. 그리고 동굴 밖에서 불을 비쳐본바, 그들의 옷에는 군데군데 핏물이 배어 있었지만 다치거나 두려움에 떠는 이들은 없었다.

숲과 초원에서라면 귀신같은 바이큰 족의 전사였다. 그런 그들이 1백 명이 넘는 인원의 움직임을 발견하지 못할 리가 없었다.

생각이 거기까지에 이른 마틴 소대장은 한숨을 내쉬며 털썩 주저앉았다.

마틴 소대장은 전신이 힘이 쭉 빠져나가는 것 같았다. 그들에게 얼마나 많은 전우가 죽었던가. 그들 때문에 얼마나 많은 시간 동안 노심초사했던가? 그런데 그들이 모두 죽었다.

"어허허허!"

마틴 소대장이 허탈한 웃음을 짓고 있었다. 그런 모습을 빤히 지켜보는 카이론이었다. 그때 그의 곁으로 키튼 중사가 돌아왔다.

"모두 완료했습니다."

“아무래도 이들이 회복할 시간이 필요할 것 같군.”

“발각될 수도 있습니다. 본 중대가 만났던 바이큰 족의 부대가 정찰대라고 하면 반드시 대대 규모 이상의 병력이 얼마 떨어지지 않는 장소에 주둔하고 있을 것입니다.”

“그렇겠지.”

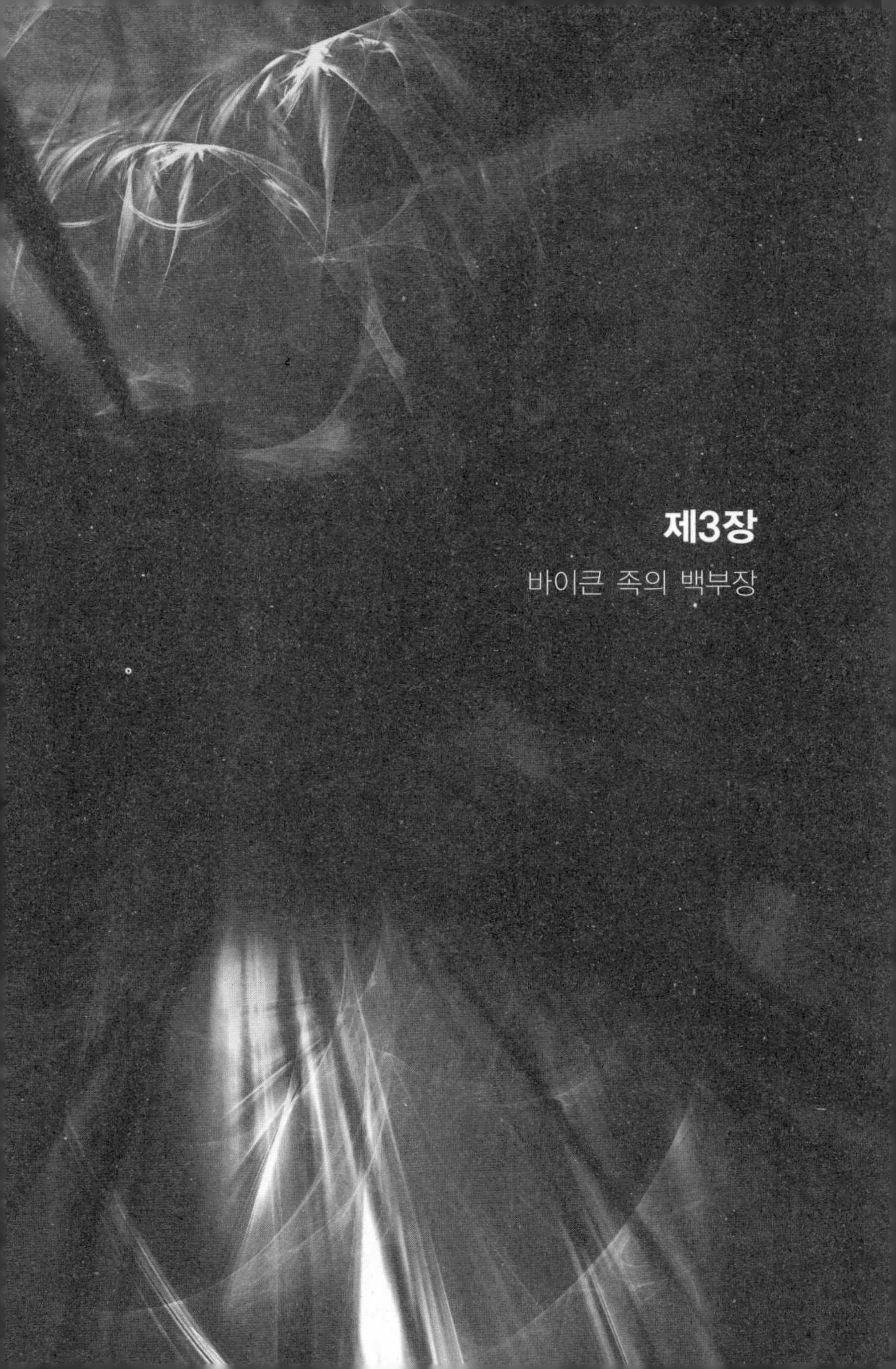

제3장

바이큰 족의 백부장

담담하게 말하는 카이론이었다. 키튼 중사는 카이론의 명을 기다렸다. 아직 그의 말은 다 끝난 것이 아니라는 생각이 들었기 때문이었다.

"훈련은 완료했지만 실전은 별로 없었지. 지난 5개월간의 훈련에 따른 결과를 도출해 낼 실전 말이야. 겨우 중대급 정도의 정찰대를 기습한 것으로는 전투를 했다고 할 수는 없지."

누가 카이론의 말을 들었다면 기겁할 말이었다. 바이큰 족의 중대는 그저 그런 중대가 아니었다. 숲이라면, 혹은 초원이라면 그들 정찰 중대는 카테인 왕국의 대대급 전력이라 할 만했다.

그들은 그 정도로 포악했다. 그런데 그러한 그들을 두고 마치 별것 아니라는 듯이 말하는 카이론이었다.

"같이한 동료는 아니나 이들이 전우임에는 틀림없다. 틀린가?"

"맞습니다."

"전우의 복수는?"

"반드시 해야 합니다."

그것이면 충분했다. 카이론이 이들을 전우로 인정한 이상 키튼 중사에게도 이들은 전우였다.

"오거를 잡으려면 오거가 사는 곳으로 들어가야 하는 법. 이들을 회복시키고 그들을 사냥한다. 더불어 그들에 대한 정보를 얻는다."

"명을 따릅니다."

카이론이 결정했다. 마스터가 결정한 것은 어떠한 일이 있어도 완수해야만 했다. 과거의 키튼 중사였다면 한마디로 턱없는 소리라고 코웃음을 쳤을 것이다.

하지만 지금은 아니었다. 충분히 가능하다고 생각했다. 자신들은 적의 중대급 규모를 불과 한 시간도 안 돼서 전멸시켰다. 비록 기습이라 하지만 단 한 명의 경상자도 없이 말이다.

키튼 중사는 곧바로 움직였다. 아홉 명의 척후조에게 명을 내려 동굴 안을 치우고, 여분의 옷을 6사단 2연대 1대대 병사에게 나눠줬다. 그들이 입고 있던 남루한 옷은 불태웠다.

적지에서는 도저히 있을 수 없는 과감한 행동임에는 분명했다. 오히려 1대대의 병사들이 기겁할 정도였다. 하지만 1중대의 병사나 간부들은 당연하다는 듯이 행동했다.

그들의 움직임에는 어떠한 거리낌도 없었다. 적지에서 당당하기 그지없었다. 그런 그들의 모습에 1대대의 살아남은 병사들은 서서히 안정을 찾아가기 시작했다.

1대대의 가장 큰 문제는 추적과 굶주림 때문에 체력이 지극히 저하되었다는 것이었다. 일단 그들의 체력을 회복시킬 필요가 있었다. 1중대의 병사들과 간부들은 단계적으로, 그리고 차분하게 그 모든 것을 처리해 나갔다.

이틀이 지났다. 대부분의 병사들은 예전만큼은 아니지만 완연하게 회복하고 있었다. 다만, 카플루스 대대장만 아직 정신을 차리지 못하고 있었다. 3소대장은 그의 곁을 지키면서 묽은 미음을 카플루스 대대장의 입속에 흘려주고 있었다.

그 시각, 카이론은 동굴 외부로 벗어나 숲을 관찰할 수 있는 가장 높은 곳에 올라 사방을 살피고 있었다. 적의 본대가 있다면 이틀 동안 연락이 두절된 정찰 중대에 무언가 사고가

발생했다고 생각할 것이기 때문이었다.

가장 높은 나무 위. 카이론은 예의 KXM109 대물 저격총의 망원 스코프에 눈을 밀착시키고 있었다. 발군의 신체 능력과 21C 과학의 총화라 할 수 있는 망원 스코프 덕에 카이론은 바이큰 족의 정찰 대대를 찾을 수 있었다.

'대대와의 거리가 12킬로미터라.'

멀지도 가깝지도 않은 거리. 아니, 솔직히 이와 같은 깊은 산중에서 12km는 굉장히 먼 길이었다. 울창한 나무로 인해 600m 앞조차 제대로 된 시계를 확보하기 힘든 상황이니 12km라면 엄청나게 먼 거리라 할 수 있었다.

하지만 이것은 바이큰 족의 본부중대와의 거리이지 3개의 전투중대와의 거리가 아니었다. 동굴을 기점으로 좌측방 7km 지점, 우측방 5km 지점, 후방 8km 지점에 각각 한 개의 중대가 정찰하고 있었다.

'오늘쯤 깨어났으면 좋겠군.'

카이론은 그런 생각을 하며 근 30m 높이의 나무에서 훌쩍 뛰어 내렸다.

슈화아악!

쿠웅!

둔중한 소리가 울려 퍼졌다. 카이론은 마치 아무런 일도 없다는 듯이 일어나서 걸음을 옮겼다. 그가 향한 곳은 동굴 내부였다. 병사들이 그를 알아보고 군례를 올렸고 그는 일일이 그들의 군례를 받았다.

"오셨습니까?"

"깨어나셨나?"

"방금 전에 깨셨습니다."

"가지."

카이론의 말에 그를 수행하는 마틴 소대장이었다. 동굴 안에는 정신을 차리고 상체를 들어 벽에 기댄 모습으로 카이론을 맞이하는 카플루스 대대장이 있었었다.

"단결!"

"전진!"

카이론이 군례를 올리자 군례로 받는 카플루스 대대장이었다. 그는 자신의 앞에 놓인 약간의 씹을 거리가 있는 묽은 스프를 내려놓으며 카이론을 맞이했다.

"고맙군."

"해야 할 일이었습니다."

카이론의 당연하다는 반응에 약간의 씁쓸함을 느낀 카플루스 대대장이었다. 누가 그것을 모르겠는가? 다 안다. 하지만 아는 것과 행하는 것은 다르다. 또한 군단이나 사단이 다른 상황에서 누가 주저 없이 최상급의 포션을 들이붓는다는 말인가?

"참으로 오랜만에 들어보는 당연한 말이로군."

"몸은 좀 어떠십니까?"

"많이 좋아졌네. 상황은 어떠한가?"

"오늘 저녁에 적을 기습할 작정입니다."

카이론의 말에 눈살을 살짝 찌푸리는 카플루스 대대장이었다.

"쉽지 않을 것이야."

"앉아서 당하기 전에 스스로 활로를 뚫어야 합니다. 아직 대대장님과 병사들은 이동할 수 있는 충분한 체력을 확보하지 못한 상황입니다."

"그래. 그것이 문제인 게지."

씁쓸하게 현 상황을 수긍하는 카플루스 대대장이었다. 자신들은 포위당했다. 언젠가는 포위망이 좁혀질 것이고, 그러다 보면 자신들이 발각되는 것은 시간문제일 것이다.

결국 선택할 수 있는 방법은 두 개. 포위되어 죽느냐, 아니면 탈출하느냐이다. 결국 둘 다 전투를 치러야 한다는 것에는 이의가 없었다. 그렇다면 발악이라도 해보는 것이 나았다.

"적에 대한 정보가 있으십니까?"

"임무가 어떻게 되나?"

둘의 입이 동시에 열렸다.

"바이큰 족의 서부 대족장인 쿤라이트의 움직임이 심상치 않다는 정보가 있다고 합니다."

"그들의 움직임을 정찰하는 것이겠군."

"그렇습니다. 추가적으로 교두보를 확보하라 했습니다."

카이론의 말에 미음을 먹고 있던 카플루스 자작의 동작이 멈췄다. 그러다 서서히 카이론을 바라보며 입을 열었다.

"죽으라는 말이군."

카플루스 대대장이 무겁게 입을 열었다. 순간 카이론은 무엇이 어떻게 돌아가는 상황인지 알 수 있었다. 카플루스 대대장 역시 자신과 같은 용도였다는 것을 말이다.

"함정입니까?"

"함정이라기보다는 제거… 가 맞는 말이겠지."

이해할 수 있었다. 자신을 죽도록 죽이고 싶어 하는 사람이 있으니 말이다. 그렇다는 것은 카플루스 대대장은 견제를 받았고, 귀족들 간의 의레 존재하는 권력 싸움에 밀려 이곳으로 왔다는 것을 의미했다.

대충 감을 잡을 수 있었다. 보통 영관급은 남작의 작위를 가진 이들이 대부분이었다. 여단장급이나 사단장급의 장군은 자작이고, 군단장급은 백작이 대부분이었다.

그런데 자작이 대대장에 있었다. 물론 특수 임무의 경우 가끔 자작이 대대장을 역임한다고는 하지만 카이론이 보기에 이들은 특수 임무를 수행하는 대대가 아니었다.

"기사들은 어떻게 된 겁니까?"

카이론은 기사에 대해 물었다. 보통 대대급의 부대에는 기사가 한 개 중대를 이루고 24명이 배치된다. 연대급에는 75명이 1개의 대대가 되고, 사단 급에는 300명의 기사가 한 개 연대를 구성한다.

기사들은 해당 대대의 중추적인 전력이라 할 수 있었다. 하지만 그들은 대대장 직속이 아닌 부대대장 직속이었다. 지휘체계가 다르다는 말이었다. 그래서 대대장은 자신이 임지로 부임하는 순간 부대대장을 자신의 사람으로 심는 것이 통례였다.

그런데 부대대장은 물론 24명의 기사조차 보이지 않았다. 최후까지 남았어야 할 그들이 말이다.

"그들은……."

"항복했습니다."

카플루스 대대장이 답을 한 것이 아니라 마틴 소대장이 입을 열었다.

"항복?"

"그들은 본 대대가 적과 대치하는 그 순간 항복했습니다."

마틴 소대장의 말에 카이론은 카플루스 대대장을 바라보았다. 그렇다면 그는 가장 믿었던 측근에게 배신당한 것이다. 그리고 카이론은 그 이면에 담긴 것까지 파악할 수 있었다.

어떤 형식으로 이루어졌는지 모르지만, 모종의 거래가 있었고 그 거래에 의해 카플루스 대대장은 가장 믿었던 자에게 배신을 당해 여기서 죽어가고 있었던 것이다.

카플루스 대대장은 눈을 감았다. 그는 지금 죽고 싶은 심정이었다. 평생 동안 이뤄놓은 것이 한순간에 무너져 내리는 것 같아서였다. 카이론은 자리에서 일어섰다.

그리고 카플루스 대대장에게 마지막 한마디를 했다.

"대대장님께서는 저에게 목숨을 빚진 겁니다. 행여나 목숨 빚을 타인에게 떠넘기려는 행동은 삼가주시기 바랍니다."

"빚을 지우겠다는 것인가?"

"아시겠지만 세상에 이유 없는 선의란 없는 법입니다. 대대장님께서는 저의 직속상관도 아니고 말입니다. 저는 대대장님을 살리기 위해 최상급 포션이라는 선의를 주었고 그 답은 대대장님께서 하시는 것입니다. 과연 대대장님의 목숨값은 얼마가 될지 궁금합니다."

직설적으로 말하는 카이론을 뚫어지게 바라보는 카플루스 대대장이었다. 어처구니없어서가 아니라 홀가분해서였다. 적어도 마음 졸일 일은 없는 것이다.

이유 있는 선의니 목숨값을 해라. 어차피 포션이 아니었으면 자신은 죽은 목숨이었으니까.

그는 지금부터의 삶은 그저 여분의 목숨 정도로 생각하기로 했다.

"그것을 받겠다는 것인가?"

"지금 당장은 아닙니다. 다만, 후의 일은 그 누구도 모를 일입니다. 그리고 외람되지만 한 가지 드릴 말씀은 개똥밭에 굴러도 이승이 좋다고 했습니다. 강한 자가 살아남는 것이 아니고 살아남는 자가 강한 것입니다. 부디 살아남으시길 바랍니다. 그래서 저에게 빚을 갚으실 날을 기대하겠습니다."

그 말을 남기고 카이론은 동굴 밖으로 벗어났다. 그러한 그를 한없이 바라보고 있는 카플루스 대대장이었다. 지금까지 자신의 생각을 송두리째 바꿔 버리는 당돌한 중대장이었다.

배신당하고 사경을 헤매지 않았다면 카이론의 말이 가슴에 그리 와 닿지 않았을 것이다. 그는 여전히 자신의 기준으로 살아가고 있을 것이니 말이다. 하지만 지금은 절실하게 와 닿고 있었다.

그리고.

"부럽군."

카플루스 대대장의 메마른 입술을 비집고 흘러나오는 말이었다. 저 젊음이 부럽고 저 자신감이 부러웠다. 자신은 병약하고 늙었다. 복수조차 꿈꾸지 못할 정도로 말이다.

"대대장님……."

마틴 소대장이 안타까운 듯 그를 불렀다. 카플루스 대대장은 손을 휘휘 저었다. 무언가 말을 하려던 마틴 소대장이 고개를 살짝 숙인 후 자리에서 물러났다.

카플루스 대대장이 자신의 생각을 정리하는 동안 카이론은 동굴 밖으로 나와 세 명의 소대장과 키튼 중사를 소집했다.

“1소대와 척후조는 목표 1을, 2소대와 3소대는 목표 2를 제거한다. 이 시간부로 작전을 실시한다. 각 소대의 3분대는 이곳에 남아 거점을 방어한다. 거점 방어 지휘권은 1소대 3분대장이 갖는다. 이상!”

“명!”

각 목표 지점에는 1개 중대 규모의 바이큰 족이 존재했다. 그런데 완편 소대도 아닌 절반으로 줄어든 소대 인원으로 그들을 제거하라고 한다. 불가능한 명령이었으나 소대장들과 병사들은 그의 말을 따랐다.

“저희들도 가겠습니다.”

그때 부상에서 회복한 이들이 앞으로 나섰다. 그들의 앞에는 마틴 소대장이 있었다. 카이론은 그를 바라보았다. 그 역시 카이론의 시선을 피하지 않았다. 마틴 소대장을 바라보던 카이론의 시선이 그의 뒤에 형형한 눈빛을 발산하고 있는 회복된 30여 명의 병사를 바라보았다.

"거점 방어 3개 분대는 각 소대로 복귀한다."

"감사합니다."

카이론의 명은 곧 스스로를 방어하라는 말과 같았다. 전투에 참여하지는 못했지만 적어도 군인이라면 자신이 담당한 지역에 대해서는 책임을 져야 한다. 그리고 카이론은 그것을 승낙한 것이고 말이다.

"각 소대 위치로!"

"위치로!"

1중대의 병력이 자신이 담당한 곳으로 빠르게 이동했다. 그들은 움직임은 신속했으며, 거칠 것 없었다. 마치 평생 동안 이 깊은 숲 속에서 살았다는 듯이 말이다.

그러한 그들의 모습을 바라본 마틴 소대장은 감탄할 수밖에 없었다. 저들은 이곳 거점에 도착한지 겨우 이틀밖에 지나지 않았음에도 주변의 지형을 완벽하게 숙지하고 있었다.

그러다 문득 마틴 소대장은 자신의 앞에 설치되어 있는 모형도를 바라보았다. 작전 지역에 대한 지도는 가끔 보았지만 저렇게 주변 지형을 대충이나마 실제 모형으로 제작하여 작전을 설명하는 경우는 처음 보았다.

'그들은 뭔가… 다르군.'

그렇게 느꼈다. 뭔가 달랐다. 이전까지 자신이 경험했던 여타 카테인 왕국의 병사들과 확연하게 달랐다.

"소대장님, 저희는 어떻게 배치할까요?"

그때, 그의 상념을 깨우는 목소리가 있었다. 마이크 상급병이었다. 목숨을 걸고 적지를 향해 움직여 가는 1중대의 모습을 봤기 때문인지 마이크 상급병의 얼굴은 굳은 결의가 드러나 있었다.

"2인 1개조로 전초 세 곳을 운영하며, 거점을 중심으로 방사선형으로 은신한다."

"명!"

그들 역시 움직였다. 그들이 패잔병이기는 하지만 오랫동안 군 생활을 해왔던 이들이었다. 살아남은 이들 중 초급병이나 하급병은 보이지 않았으니 말이다.

그들이 거점을 지키기 위해 작전을 펼치는 동안 카이론은 홀로 목표 3이 있는 곳으로 이동하고 있었다. 그리고 목표 3 지점이 훤히 내려다보이는 장소를 찾았고 곧바로 저격을 위해 엎드려 쏴 자세를 취했다.

그는 망원 스코프로 적정을 살폈다. 이미 숲 속에는 어둠이 찾아들고 있어 사방은 고요하고 적막하기 그지없었다. 불이 없으면 당장에 5m 앞조차 제대로 분간하기 어려울 정도의 어둠이었다.

어둠이 깔리고 달이 떠올랐다. 한여름 밤을 어렴풋이 밝히는 눈썹 모양으로 한쪽으로 긴 달이 모습을 드러냈다. 여름에

뜨는 옐로우 문(Yellow moon) 중 크레센트(Crescent. 초승달)였다.

그믐달(Dark moon)이 뜬지 삼 일이 지났다. 초승달이라고는 하지만 그믐과 다르지 않은 밝기. 저격하기에, 혹은 적이 혼란에 잠겨들기에 지극히 좋은 날이었다.

'거리 3,410, 풍향 4분의 1, 좌측 1도. 시야 확보.'

카이론이 정신을 집중했다. 그리고 삽입된 탄환에 자신의 의지를 실었다. 그가 탄환에 의지를 실음으로써 탄환은 이전의 탄환이 아닌 마나의 힘을 가진 탄환이 되었다.

투웅! 철컥!

묵직한 울림이 어깨를 타고 흘렀다. 카이론은 적을 향해 날아가는 탄환을 지켜보았다. 과거였다면 말도 안 되는 소리였겠지만 지금은 탄환의 궤적을 좇을 수 있었다.

퍽!

전사 한 명의 고개가 뒤로 재껴지면서 그대로 허물어졌다. 그 옆에 있던 전사는 놀라 쓰러진 전사를 잡으려 했지만 이내 그 전사 역시 잠깐 움찔거리더니 이내 쓰러진 전사 위로 포개졌다.

'두 명!'

카이론의 시선은 다시 망원 스코프를 통해 다음 목표물을 찾기 시작했다.

‘거리 3,930, 풍향 4분의 1, 우측 1도. 시야 확보. 목표 2명.’

투웅! 철컥!

‘거리 4,420, 풍향 4분의 3, 좌측 2도. 시야 확보. 목표 2명.’

투웅! 철컥!

그의 KXM109 저격총이 연신 불을 뿜었다. 외곽을 2인 1조가 되어 경계하던 전사들이 모두 쓰러졌다. 카이론은 더 이상 저격하지 않았다. 단지 망원 스코프를 이동해 바이큰 족 전사들이 있는 진형의 중심을 향할 뿐이었다.

잠시 후, 카이론의 KXM109 저격총이 다시 불을 뿜었다.

투웅! 철컥!

하지만 이번에는 조금 달랐다. 적의 진영 중앙으로 연속적으로 날아간 총탄은 공중과 지상에서 동시에 폭발했다. 붉은 불빛이 카이론의 망원 스코프를 통해 보였고, 이어 간이 천막을 치고 잠들어 있던 바이큰 족의 전사들이 헐레벌떡 뛰쳐나오기 시작했다.

그때부터였다.

‘거리 2,970, 풍향 4분의 3, 우측 2도. 시야 확보. 고폭확산탄!’

카이론의 의지가 담긴 총탄이 폭발했다. 고폭확산탄이라

고 해서 진짜 21C의 고속확산탄은 아니었다. 단지 변형된 총탄에 카이론의 의지를 담았고, 그 의지가 총탄에 담긴 마나의 폭발을 일으킨 것이다.

그 폭발은 아름드리나무를 폭파시킬 정도의 위력을 가지고 있었지만 마법사가 사용하는 5서클 마법인 익스플로젼(Explosion)보다는 약했다.

그것은 거리 때문이라고 할 수 있었다. 의지를 담을 수 있는 거리의 제한. 그리고 날아가는 속도에 대한 제한. 그 두 가지의 불리한 조건이 작용되는 반면에 놀라울 정도의 정확성과 눈이나 감각으로는 절대 좇을 수 없는 속도를 얻었다.

폭발이 이어지는 와중 카이론은 한 명의 전사를 볼 수 있었다. 그리고 그 전사는 거의 3km 가까이 떨어져 있는 카이론의 위치를 향해 정확하게 손가락질하고 있었다.

'거리 2,010, 풍향 4분의 1, 좌측 2도. 시야 확보. 관통철갑탄!'

투웅! 철컥!

자신을 발견하고 큰 소리로 무어라 외치던 자의 고개가 뒤로 재껴졌다. 그리고 그대로 나동그라지면서 허물어지듯 쓰러졌고, 그를 에워싸고 있던 전사 몇 명 역시 머리가 터져 나가며 허물어졌다.

전사들은 숙영지를 버리고 사방으로 흩어졌다. 이미 자신의 자리는 노출된 상황. 더 이상 이곳에 있을 이유는 없었다. 카이론은 곧바로 자리를 이탈했다.

바이큰 족의 움직임은 생각보다 빨랐다. 누군가 자신의 위치를 보고했는지 이미 숙영지를 버리고 사방으로 자신을 에워싸듯 접근해 오고 있었다. 확실히 이 정도라면 기존의 카테인 왕국군에게는 상당히 버거울 수 있었다.

하지만 그들은 아직 모르고 있었다. 자신이 어떤 인물인지 말이다. 카이론은 어느새 언월도로 변한 무기를 등 뒤로 돌려 메고 손바닥에서 솟아난 열전도 나노 튜브 블레이드를 역수로 쥐고 있었다.

보통 1.2m 남짓이었던 열전도 나노 튜브 블레이드가 50cm 정도로 작아져 있었다. 칙칙한 어둠 속에서 번뜩이는 날카로움을 간직한 열전도 나노 튜브 블레이드.

카이론의 밑으로 다섯 명의 전사가 움직이고 있었다. 그에 카이론은 망설임 없이 열전도 나노 튜브 블레이드를 집어 던졌다.

촤르륵!

블레이드가 분리되었다. 좌우 퍼짐 각이 70도는 될 법한 날이 회전하면서 다섯 전사의 목을 그대로 관통했고, 그들은 어떻게 죽었는지도 모른 채 목을 부여잡고 쓰러졌다.

임무를 완수한 블레이드가 다시 합체되어 카이론의 손에

돌아왔고, 그 순간 카이로의 신형은 투명해지면서 주변과 완벽하게 동화되기 시작했다. 실로 보고도 믿을 수 없는 순간이라 할 수 있었다.

그가 사라지는 그 순간 몇몇의 전사가 죽은 전사들 근처로 다가왔다. 아마도 정해진 시간이 지났음에도 연락이 오지 않자 확인하기 위해 움직인 것 같았다.

곧이어 죽은 다섯 명의 시체를 찾아낸 그들은 손가락을 입에 물고 크게 휘파람을 불었다.

"삐이이이익!"

길게 늘어지는 휘파람은 적막을 뚫고 숲 속을 뚫고 멀리 퍼져 갔으며, 적막한 숲 속은 다시 부산함이 깃들기 시작했다. 사방으로 흩어졌던 전사들이 이곳에 모이고 있었다.

카이론은 시간을 지체할 수 없음을 깨달았다. 그것을 깨닫는 순간 카이론의 신형은 그림처럼 한 명의 전사 뒤에 나타났다. 그리고 전사는 목을 부여잡고 모로 쓰러졌다.

"적이다!"

순간 전사 한 명이 감각적으로 외쳤고, 전사들은 사방을 경계하기 시작했다.

취리리릿!

무언가 미세한 소음이 그들의 귓가에 들렸다. 그것을 듣는 순간 그들은 이미 이 세상 사람이 아니었다. 이마에 구멍이 뚫리고 심장이 꿰뚫리고 목이 잘려 나갔다.

단 한 호흡에 열 명의 전사가 죽어나갔다.

"크하아악!"

"함정이다!"

그때, 얼마 멀지 않은 곳에서 전사들의 외침이 들려왔다. 분명 바이큰 족은 카테인 왕국과 전혀 다른 말을 사용했지만 카이론은 마치 카테인 왕국의 말처럼 정확하게 알아들을 수 있었다.

'빠르군.'

카이론은 바이큰의 전사들이 올 만한 길목에 함정을 설치했다. 지형지물을 이용해 설치할 수 있는 함정은 상당히 많았다.

인류가 태곳적부터 사용했던 구덩이식 함정에서부터 머리 위에서 통나무나 날카로운 나무창이 쏟아지는 조금은 복잡한 함정까지 설치했다.

카이론 역시 빠르게 움직였다. 함정이 박살 난 곳도 있었지만 몇몇 함정에는 죽은 전사의 시체가 널려 있었다. 숲 속이 시끄러워지기 시작했다.

적은 보이지 않고 함정은 지천으로 널렸으며 전사들은 죽어나가고 있기 때문이었다. 전사의 무리를 이끌고 있는 차전사 아시키나크는 인상을 찌푸렸다.

벌써 30여 명에 달하는 전사가 죽어나갔다. 그중에는 하전사도 두 명 포함되어 있었다. 급하게 자신을 호위하던 하전사를 각 십인대의 조장으로 삼기는 했지만 여전히 적은 오리무중이었다.

"적은?"

"아직……."

"젠장!"

아시키나크 차전사의 물음에 모타바토 하전사가 답을 했다. 그에 아시키나크 차전사는 육두문자를 내뱉을 수밖에 없었다. 숲에서든 초원에서든 바이큰 족을 농락할 수 있는 존재는 없었다.

그런데 불과 30분 만에 30여 명의 자랑스러운 초원 전사가 죽임을 당했다. 이럴 수는 없었다. 그뿐만 아니라 적은 자신들의 장기인 각종 함정을 이용해 치명적인 일격을 가하고 있었다.

"전사들을 소환한다."

"위험할 수 있습니다."

"멍청한! 적은 지금 우리가 흩어져 있기를 바라는 것이다. 아직도 모르겠는가?"

"죄송합니다."

곧바로 수긍하는 모타바토 하전사였다. 그리고 두 손을 모아 소리를 내기 시작했다. 그 소리는 마치 새의 소리와 같아 모르는 이가 들었다고 하면 분명 새소리라고 착각할 것이다.

그 소리는 카이론 역시 들을 수 있었다. 그는 그 새소리가 들린 이후 전사들의 움직임이 한곳으로 향한다는 것을 알았다.

'뭘 좀 아는 자가 있나보군.'

그에 카이론의 신형이 조금 더 빨라졌다. 두 자루의 열전도 나노 튜브 블레이드가 두 손을 떠나 조각나며 사방으로 퍼져 나갔으며, 팔꿈치 부분에서 나타난 원형의 톱날이 회전하면서 사방으로 날아갔다.

그와 동시에 카이론의 신형이 갑자기 위에서 아래로 그대로 떨어져 내렸다.

쩌어억!

한 명의 전사가 반으로 갈라졌다. 카이론의 언월도는 쉬지 않고 횡으로 움직여 다시 두 전사의 허리를 갈랐다. 핏물이 분수처럼 쏟아졌으나 카이론의 움직임은 여전히 멈추지 않았다.

투훗!

카이론이 두 다리에 힘이 더해지면서 폭발적으로 앞으로 튕겨져 나갔다.

"막앗!"

"죽엿!"

전사들이 움직였다. 애초에 전사와 전사 간의 간격이 그리 멀지 않았다. 거기에 새소리를 듣고 차전사가 있는 곳으로 모여들던 그들이었으니 아무리 카이론이 빠르게 움직인다고 해도 피분수가 뿜어져 나오는 것이 안 보일 리 없었다.

전사들은 카이론을 향해 달려들었다. 그들의 손에는 바이큰 족 특유의 기이한 모양의 쿠크리가 들려 있었다.

그들이 카이론을 향해 쇄도하기 시작했을 때.

퍼버버벅!

무언가 날카로운 것이 카이론을 향해 쇄도했던 전사들을 뒤에서부터 앞으로 관통했다. 목이 꿰뚫리고 심장이 꿰뚫렸으며 요행이 즉사 부위를 피한 전사들은 팔다리가 통째로 베어지며 무력화되었다.

"크흐으윽!"

"피, 피해랏!"

질서 정연하던 전사들이 순식간에 우왕좌왕하더니 이리 뛰고 저리 피하며 몸을 사리기 시작했다. 그리고 카이론은 그 순간을 기다렸다는 듯이 언월도를 들고 그들을 향해 쇄도하며 휘둘렀다.

스가가각!

전사들이 추풍낙엽처럼 사라져 갔다. 추가된 전사들까지

하면 그 수가 무려 삼십 가까이 됨에도 불구하고 그들은 제대로 된 대응조차 하지 못했다.

그럴 수밖에 없는 것이 카이론은 혼자였지만 전사들의 목숨을 노리는 것은 결코 그 혼자가 아니었기 때문이었다. 카이론의 양손에서 벗어난 열전도 나노 튜브 블레이드와 그의 팔꿈치에서 쏘아져 나간 6개의 둥근 회전 톱날까지.

마치 눈이라도 달린 듯이 전사들을 위협했고, 그것을 경계하는 순간 전사들의 허리는 카이론의 손에 들린 언월도에 의하여 상하가 분리되고 있었다. 그때 또다시 울리는 급박한 새소리.

그리고 다시 모여드는 전사들. 그 중심에는 아시커나크 차전사가 있었다. 전장에 도착한 그는 숨을 들이쉴 수밖에 없었다. 수많은 전사의 시체 가운데 홀로 서 있는 거대한 체구의 사내 때문이었다.

취리리릿!

사방으로 흩어졌던 열전도 나노 튜브 블레이드가 하나로 합쳐지면서 카이론의 손으로 돌아왔고, 수없이 많은 생명을 앗아갔던 6개의 둥근 회전 톱날이 카이론의 팔꿈치로 복귀했다.

"네놈……."

"아시커나크 백인장인가?"

카이론의 말에 눈을 동그랗게 뜨는 아시커나크 백인장이었다.

"나를 알아?"

"네가 차전사라는 것도."

"……."

입을 다무는 아시커나크 백인장이었다. 그가 입을 다무는 동안 카이론은 바이큰 족의 전사들에게 완벽하게 둘러싸이고 있었다. 이미 60여 명의 전사를 죽였음에도 아직 그만큼의 전사가 남아 있었다.

하지만 그러한 바이큰 족의 전사들을 보면서도 언월도를 어깨에 턱 걸치고 선 카이론은 무표정했다.

"누구냐?"

"3사단 23연대 예하 98대대 1중대장 카이론 에라크루네스."

"고작 중대장 따위가……."

"네가 말하는 그 중대장 따위에 바이큰 족의 전사 60여 명이 죽었다."

빠드득!

"반드시 죽인다!"

그가 이빨을 갈며 말하자 전사들이 움직였다. 명을 내리지는 않았지만 명을 내리는 것과 다르지 않았으니 말이다. 전사들이 달렸다. 카이론도 달렸다.

"으아아아아!"

카이론과 전사들은 서로 커다란 함성을 지르며 어울렸다. 카이론은 언월도를 위에서 아래로 그어내렸고, 가장 선두에서 그를 향해 쇄도하던 전사의 목을 이등분했다. 뒤에서 짧고 기이한 창이 찔러 들어왔으나 가볍게 회피한 후 아래에서 위로 언월도를 그어올렸다.

피가 솟구쳤다. 하지만 전사들도 카이론도 망설이지 않았다. 죽이지 않으면 죽는다. 죽을 수는 없으니 반드시 죽여야만 했다. 목이 베어져 나갔고, 벌린 입속으로 카이론의 언월도가 비집고 들어갔다.

"이노오옴!"

아시커나크가 뛰어 올랐다. 그의 손에는 여타 전사보다 훨씬 더 커다란 쿠크리가 들려 있었다. 차전사의 양손에 들려 있는 두 개의 쿠크리.

그리고 그 쿠크리에서 뻗어 나오는 노란색의 오러 포스(검기, 劍氣)!

그의 쿠크리에는 필살의 의지가 담겨져 있었다. 지금 죽이지 않으면 더 이상의 기회가 없음을 알고 있기 때문이었다. 이 카테인 왕국의 거대한 중대장은 결코 만만치 않은 사람이었다.

우선 무기가 달랐다. 마치 말의 목이나 다리를 자르는 데 사용하는 롬파이아와 비슷한 거대한 검을 휘두르고 있었다. 찌르기도 가능하겠지만 주로 베기는 것을 주로 할 것 같았다.

초원의 전사는 카테인 왕국의 기사처럼 두터운 풀 플레이트 메일을 걸친 것은 아니나, 질긴 몬스터의 가죽으로 만든 레더 메일을 걸친다. 비록 가죽 갑옷이지만 풀 플레이트 메일에 못지않은 방어력을 자랑했다. 그런 전사들을 오러조차 사용하지 않고 일 검에 양분하는 것은 진정으로 힘든 일이다.

그런데 그는 일격에 모든 것을 해결하고 있었다. 한 번 휘두를 때마다 한 명의 전사가 아니라 서너 명의 전사가 무더기로 죽어나갔다.

결국 일반 전사로서는 그를 당해낼 수 없다고 판단한 아시커나크가 직접 나선 것이다.

그는 확신했다. 자신의 일 검에 모든 것은 베어질 것이라고 말이다.

하나,

콰가각!

"크흑!"

손아귀가 파열되는 듯한 지독한 고통이 그의 전신을 강타했다. 하지만 아시커나크는 이를 악물고 왼손에 들린 쿠크리를 쓸듯이 그어 올렸다.

쩌정!

다시 아찔한 통증이 손목을 타고 올라왔다. 자신은 물러설 수 없었다. 자신이 물러서면 모두 죽는 것이다. 하지만 그는 느낄 수 있었다. 지금 앞에 있는 자는 결코 자신과 같은 자가 수백 명이 덤빈다 하여도 어찌할 수 없는 존재임을 말이다.

이를 악문 아시커나크가 다시 쿠크리를 교차하면서 눈부시게 빠른 속도로 휘둘렀다. 어찌나 빠른지 사람의 눈이 그의 쿠크리를 쫓지 못하여 잔상이 남을 정도였다.

수없이 많은 쿠크리가 카이론을 향해 쇄도했다. 그런 착각에 빠져 들었다. 카이론을 공격하려던 전사들마저도 공격을 멈추고 카이론을 향해 유성처럼 떨어져 내리는 쿠크리의 검격을 바라볼 뿐이었다.

하나, 중요한 것은 그 모든 것이 실체는 아니라는 것이었다. 그 말은 허상이 존재한다는 것. 검격을 바라보던 카이론의 눈이 빛났다. 그리고 카이론의 언월도가 유려하게 움직였다. 마치 강물을 거슬러 올라가는 연어처럼 휘둘러지는 카이론의 언월도.

화려한 유성을 집어삼키는 청색의 그림자가 있었으니, 그 순간 아시커나크는 눈을 부릅뜨고 자신을 향해 쏘아져 오는 청색 선을 바라볼 뿐이었다.

'사하스라 차크라? 신의 전사인가?'

아시커나크의 머리를 가득 채운 두 개의 단어였다. 바이큰 족의 전설 중 하나가 그의 뇌리를 지배한 것이었다.

'도대체 왜?'

도대체 왜 전설의 하나가 바이큰 족이 아닌 카테인 왕국에서 나타나느냔 말이다. 전설의 청화. 푸른 불꽃의 전사. 그의 상념이 끝났을 때 그의 양손에 쥐어졌던 그의 거대한 쿠크리는 형체도 없이 사라져 있었다.

"어찌 저럴 수가……."

"차전사의 무기가……."

전사들은 이 비현실적인 상황을 부정하려 했다. 이럴 때 나타나는 인간의 행동은 딱 두 가지다. 순응하고 엎드리거나 믿지 못해 확인하거나. 전사들은 전사보다는 후자를 택했다.

"죽여!"

"살려 둘 수 없다."

전사들이 날아올랐다. 카이론의 표정은 무덤덤했다. 그 두 장면이 아주 느릿하게 아시커나크의 시선을 붙잡았다. 그는 외쳤다.

"아, 안 돼—!"

하나, 늦었다. 전사들은 이미 날아올랐고, 카이론의 언월도는 그런 전사들을 향해 미친 듯이 회전하기 시작했다. 쿠크리와 몸뚱이가 한꺼번에 베어졌다. 피가 분수처럼 흩뿌려졌고, 전사들의 비명이 고요한 적막을 사정없이 찢어 발겼다.

그리고 다시 정적이 찾아왔다. 언월도를 아래로 내리고 비스듬히 선 카이론의 모습이 아시커나크의 시선에 잡혔다. 그의 시선이 느릿하게 카이론의 언월도를 향했고, 도신을 타고 내리는 핏물로 향했다.

핏물이 모여 방울을 만들었고, 곧이어 방울은 그 무게를 이기지 못하고 풀숲으로 떨어져 내렸다.

또오옥! 툭!

부르르르.

핏방울이 도신에서 떨어지자 아시커나크는 몸을 떨었다. 모두 죽었다. 단 한 번의 휘두름에 남은 40여 명의 전사가 남김없이 죽어버린 것이었다.

"어째서, 어째서지?"

아시커나크는 멍청하게 같은 말만 되풀이하고 있었다. 청화를 일으키는 신의 전사는 이미 멸족한 것이나 다름없는 자신의 부족인 나루바바 부족에게만 내려오는 전설이었다. 그리고 또 하나의 전설도 분명히 보았다.

자신을 향해 포효하는 블루 드래곤의 울부짖음을 말이다. 그는 자신도 모르게 카이론이 들고 있는 언월도를 바라보았다. 그 언월도에는 조금은 특이한 용의 형상이 음각 되어 있었다.

도신과 긴 손잡이를 연결하는 소캣과 러그스(돌출부)에는 드래곤이 포효하는 형상이 조각되어 있었고, 드래곤의 입에서 튀어 나온 것은 바로 길고 넓적한 도신이었다.

도신 역시 마찬가지였다. 위의 휜 부분인 포이블은 파도가 휘몰아치는 것 같았고, 아래의 커팅 엣지(날의 절단 부분)는 유려하고 잔잔한 바다와 같은 모습을 하고 있었다.

어째서 이미 멸족한 것이나 다름없는 부족의 전설인 블루 드래곤이 누구도 아닌 카테인 왕국군에 의해서 등장하는지 모르겠다. 그 전설에 따르면 자신의 부족의 고향은 초원이 아니었다. 신의 전사가 나타나면 고향에 돌아갈 것이라는 유지가 내려오고 있지만, 지금껏 전설로만 치부되고 있었다.

그런데 그런 신의 전사의 조건에 완벽하게 부합한 카테인 왕국의 장교를 만난 것이었다. 그래서 그는 혼란스러웠다.

그때, 그의 목 아래에 싸늘한 감촉이 느껴졌다. 아시커나크가 깨어나며 자신의 목에 겨눠진 생소한 무기를 바라보았다. 그러다 카이론의 시선과 얽혀들었다.

"나를 알고 있나?"

카이론이 물었다. 아시커나크의 시선은 분명 무언가를 알고 있었다. 그래서 궁금했다. 도대체 어째서 자신에게 그런 시선을 던지는 것일까?

아시커나크는 다시 한 번 놀랐다. 놀랍게도 자신들과 전혀 다르지 않은 바이큰 족의 언어를 구사하고 있기 때문이었다. 바이큰 족의 언어와 카테인 왕국의 언어는 전혀 다름에도 불구하고 말이다.

"모… 른다."

"그런가? 소속은?"

"쿤라이트 대족장 휘하 제4수색 백인대장 아시커나크 차전사다."

"목적은?"

"도주 중인 카테인 왕국 6사단 2연대 소속 1대대 병력에 대한 섬멸이다."

"어떻게 1대대의 위치를 정확히 알고 있는 거지?"

"……."

그에 대해서는 입을 닫는 아시커나크였다. 카이론은 고개를 끄덕였다. 카테인 왕국의 기준으로 익스퍼트 중급에 해당하는 자였다. 자신의 물음에 대답할 수 있는 한계는 이것이 다일 것이다.

더 많은 것을 알고 있겠지만 그것은 아마 고문을 해야 나올 것이다. 기사나 귀족이 포로로 잡혔을 때 그들이 적에게 대답할 수 있는 것 역시 아시커나크와 다르지 않았다.

지금까지 말한 것은 포로로 잡히면서 밝히는 당연한 수순

일 뿐이었다. 그 외에는 그저 입을 다무는 아시커나크였다. 하지만 카이론은 별로 신경 쓰지 않았다.

지금 이 순간 중요한 것은 적의 지휘관을 포로를 잡았다는 것이다.

툭!

카이론이 아시커나크를 언월도의 끝으로 밀었다. 비척거리며 발을 움직이는 아시커나크. 그의 행동은 무언가 기다리는 듯한 그런 모습이었다.

실제 그는 기다렸다. 자신의 동료를, 초원의 바이큰 족을 말이다. 하지만 아무리 기다려도 자신의 부족은 나타나지 않았다.

'설마…….'

"네가 기다리는 이들은 오지 않을 것이다."

마치 아시커나크의 마음을 꿰뚫어 보듯이 입을 여는 카이론이었다. 차전사의 신형이 돌려졌다. 그는 무시무시한 안광을 쏟아내며 카이론을 쏘아보며 입을 열었다.

"미하일로프 체스터가 약속을 어긴 것인가?"

"약속?"

"모르는 것인가?"

카이론은 무언가를 깨달을 수 있었다. 미하일로프 체스터라면 6군단장이었다. 자신은 9군단장의 명에 움직였지만 분명 어떤 연관관계가 있을 성싶었다.

"어떤 약속이지?"

"……."

카이론의 질문에 아시커나크는 조개처럼 입을 꾹 닫았다. 더 이상 할 말이 없다는 것이다. 카이론이 언월도의 날이 그의 목으로 조금 더 깊숙이 들어갔다.

아시커나크의 얼굴이 일그러졌다.

'이자, 진짜다.'

진짜 죽이려 들었다. 정보를 얻을 수 없으면 그뿐이라는 듯한 태도였다. 차전사쯤 되면 포로 교환의 대상이 된다. 기사들이나 귀족이 그러하듯 말이다. 하지만 카이론은 전혀 그런 것에는 관심이 없었다. 그가 관심을 가지는 것은 오로지 정보였다.

현재 카이론이 가지고 있는 정보는 극히 미미했다. 그리고 포로를 잡는다는 것도 사실 어려움이 있었다. 포로를 감시할 병력과 그들의 의식주를 책임질 병력도 없다. 결론은 하나다. 정보를 얻고 제거한다.

기실 여기서 누가 죽었는지 어찌 알 것인가? 전투 중에 적의 신분을 묻는 것도 아니고 말이다.

결국 아시커나크는 입을 열 수밖에 없었다. 지금에 와서 죽기에는 아무런 배경도 없이 백부장까지 오르는 길이 너무 힘들었던 탓도 있었고, 결정적으로 자신은 자신의 부족을 수단과 방법을 가리지 않고 다시 일으켜 세워야 하는 책임이 있었다.

"반년 전. 6군단장 미하일로프 체스터 백작의 특사가 도착했다. 그리고 비밀 협약이 진행되었으며, 그 후 6사단과 초원의 돌격 11만인대의 전투가 시작되었다. 우리는… 6사단의 전투 배치를 모두 알고 있었다."

"너희들이 얻은 것은?"

"맘포스의 붉은 초원이다."

"우리가 얻은 것은?"

"정적 제거라고 하더군."

겨우 백인대장이 알고 있는 것 치고는 상당히 자세했다. 하지만 아시커나크의 실력이 익스퍼트 중급인 것을 보면 결코 과한 것이 아님을 알 수 있었다.

카이론이 봤을 때 이자는 겨우 백부장으로 머물 실력이 아니었다. 적어도 천부장이나 오천부장의 자리에 걸맞는 실력이었다.

그 또한 어떤 곡절이 있음이 분명했다. 하지만 지금은 초원 부족의 사정을 봐줄 만한 여유가 없었다.

"거래를 하지."

"거래라……."

아시커나크의 시선과 카이론의 시선이 부딪혔다. 그는 멍청하지 않았다. 아니 멍청하지 않았기 때문에 아무런 배경도 없었음에도 불구하고 백부장이 될 수 있었다.

만약 공을 앞세우고 자신을 자랑하는 멍청한 자였다면 자신은 이미 여러 명에게 둘러싸여 죽었을지도 몰랐다. 초원 부족이나 카테인 왕국의 귀족이나 권력을 탐하는 것은 모두 같았다.

카테인 왕국에 있는 것이 초원 부족에는 없을 이유가 없었다. 지금 초원 부족은 대족장 네 명의 세력으로 나누어져 있었으며, 혈연이나 지연이 없으면 천부장 이상 올라가기 힘들다는 게 정설이었다.

"무엇을 걸고?"

아시커나크가 물었다.

"일단은 내가 사정을 알아야 하지 않을까? 맘포스의 붉은 초원을 얻는 대가로 우리가 얻은 것은 뭐였지?"

정적 제거라는 말은 들었지만 그것을 곧이곧대로 믿을 카이론이 아니었다. 그 말속에 숨긴 무언가가 있을 수도 있기 때문이었다. 단순히 정적 제거만으로 하나의 지역을 넘겨 줄 이가 과연 몇이나 될까?

하지만 또한 이해가 되지 않는 것도 아니었다. 귀족이라면 충분히 그럴 수 있다고 생각했기 때문이었다. 귀족이란 하잘 것 없는 이유를 들어 결투를 신청하고 목숨을 거는 것이 다반사이니까.

"그것을 왜 나한테 묻는 건지 모르겠군."

"알려주는 사람이 없으니까."

아시커나크는 카이론을 올려다봤다. 그에 카이론은 언월도를 거두고 맞은편에 털썩 주저앉았다. 그리고는 너도 앉으라는 듯이 아시커나크를 향해 손가락을 움직였다.

"카테인 왕국으로 따지면 넌 익스퍼트 중급의 기사. 그런 기사가 겨우 백부장이라는 것은 말도 안 되지. 난 귀족 가문의 서자임에도 너희들의 백부장 정도의 자리를 맡았는데 말이지."

카이론의 말은 많은 것을 함축하고 있었다. 그에 아시커나크는 바이큰 부족 중 누구에게도 느끼지 못한 어떤 동질감을 느꼈다. 그런 동질감에 그는 스스로 화들짝 놀라고 있었다.

'내가 왜……?'

그랬다. 부족원도 아닌 부족과 척을 지고 전투 중에 있는 적에게 동질감을 느낀다니 말도 안 된다. 하지만 곧 그는 그 동질감이 어디에서 오는지 알았다. 아니, 동질감이 아닌 희망일지도 몰랐다. 바이큰 부족 중에 유일하게 다른 전설을 가진 부족이라는 연유로 겨우 몇몇만 살아남아 부족의 재건을 위해 발악을 하고 있는 이 상황에 대한 희망 말이다.

자신의 앞에 있는 거대한 사내는 청화를 피워 올린 자였다. 부족의 전설에 있는 사하스라 차크라를 개방한 사람이라는 것이다. 그리고 부족의 또 다른 전설인 포효하는 블루 드래곤을 애병으로 삼고 있었다.

바로 그것이다. 자신의 눈앞에 있는 사내는 진짜배기였다. 그럼에도 겨우 중대장… 즉, 백부장이었다. 어떻게 보면 자신과 비슷한 처지라 할 수 있었다. 자랑은 아니지만 자신의 나이에 이 정도의 실력을 갖춘 자는 극히 드물었다.

그런데 겨우 백부장이다. 남의 일 같지 않다는 데에서 오는 동질감. 그동안 집단 따돌림 아닌 따돌림에서 오는 분노. 그리고 그 누구도 자신을 밀어줄 이 없다는 좌절감이 한꺼번에 회오리치고 있는 것이었다.

"거래를 하면 무엇을 줄 수 있는가?"

"무엇을 원하는가?"

카이론의 질문에 말문을 닫은 아시커나크. 그는 똑바로 카이론을 바라보았다. 마치 그의 눈에서 무언가를 찾으려는 듯이. 하지만 카이론의 눈에서는 아무것도 찾을 수 없었다.

"나는… 부족의 재건을 원한다."

"적의 힘을 빌어서 부족을 재건하고자 하는 것인가?"

"…바이큰 족 내에서는 희망이 없으니까. 나도 이제 지쳐가고 있으니까."

그랬다. 이 말은 그 누구에게도 하지 않았던 아시커나크의 솔직한 심정이었다. 그는 지쳤다. 자신의 부족은 점점 줄어들어 이제는 겨우 스무 명 남짓만 남았을 뿐이었다. 하지만 그들 중 나루바바 족의 말을 하는 사람은 겨우 한 손가락에 꼽을 정도였다.

그 와중에 청화를 피워 올리는 사람과 만났다. 그런데 초원 부족이 아닌 카테인 왕국의 버려진 귀족이자 장교였다. 하지만 그런 것은 아무래도 좋았다. 전설에 부족이 대체 무슨 상관이란 말인가? 자격이 있는 자가 부족의 전설이 되는 것이다.

그 순간 아시커나크는 어색하게 웃었다. 변해 버린 자신의 생각 때문에. 하지만 그럼에도 불구하고 가슴 한쪽이 뻥 뚫리는 것 같은 시원함을 맛보고 있었다.

"장담은 할 수 없군."

카이론의 답이었다. 확답을 준 것도 아니고, 신뢰를 주는 그런 답도 아니었다. 하지만 오히려 그러한 답이 아시커나크 차전사에게 더욱더 믿음을 주었다. 인간이 하는 일 중 확실하게 이룰 수 있는 일은 대체 얼마나 존재할 것인가? 바로 몇초 앞의 상황조차 제대로 알지 못하는 인간이 말이다.

확신은 사기꾼이나 가능한 말이다. 확답은 어떤 노림수가 있기 때문이다. 미래는 그 누구도 확신할 수 없다. 장담할 수 없는 미래를 장담하는 것만큼이나 어리석은 짓은 없다. 미래는 과거를 발판으로 삼아 현실에 부단히도 노력하는 자의 것이니까.

"지금 이 순간 내가 너에게 해줄 수 있는 말은 하나다. 나는 현재를 살고 지금에 있어 부단히 노력한다는 것이다."

카이론의 말에 아시커나크 차전사는 고개를 끄덕일 수밖에 없었다. 자신의 부족에 내려오는 속담이 있었다. 인생에 있어서 가장 중요한 세 가지 금이 있음에 하나는 황금이요, 또 하나는 소금이요, 또 다른 하나는 바로 지금이라는 속담말이다.

그 순간 아시커나크 차전사는 의문이 들었다.

"거래는 할 수 있다. 하지만 지금의 너와 내가 대체 무슨 일을 할 수 있다는 거지?"

아시커나크의 물음은 당연했다. 하급 전사일 뿐이고, 위관장교일 뿐이었다. 최일선 부대의 장이지만 그렇다고 중요한 직책은 아니었다. 대체 무엇을 할 수 있을까?

"과거를 반성하고 미래를 희망하며, 현재를 죽을 만큼 최선을 다해 살아가는 것이다. 그 외에 필요한 것이 있던가?

"……."

입을 다무는 아시커나크였다. 가진 것 없는 자에게 가장 중요한 것은 바로 희망이라 할 수 있었다. 밤하늘에 별이 아름다운 것은 어둠 속에서 반짝이기 때문이다. 인생이 밤하늘의 어둠이라면 희망은 그 속에 빛나는 별과 같다. 아시커나크는 카이론을 보며 희망을 보았다. 어둠만 있는 것이 아니라는 것이다. 아시커나크 차전사가 깊은 생각에 잠길 즈음 카이론이 엉덩이를 툭툭 털고 일어섰다. 아시커나크 차전사의 눈이 의문으로 물들었다.

"살려준다."

"……?"

"너의 진영으로 가서 살 수 있으면 살아라. 대신 다음에 만나면 넌 죽는다."

그리고 신형을 돌려 사라지는 카이론이었다. 하지만 오히려 인상을 일그러뜨리는 아시커나크였다. 부족으로 돌아가라고? 말도 안 되는 소리였다.

돌아가면?

자신은 다시 달도 뜨지 않고 별조차 구름에 가려진 짙은 어둠 속으로 스스로 걸어 들어가는 것과 다르지 않았다. 그리고 자신은 백인대를 잃은 패전지장으로 군령을 받거나 혹은 자신을 눈엣가시처럼 여기는 부족 전사들의 모함에 의해 배신자로 몰리거나 죽을 가능성이 높았다. 초원 부족이라고 해서 다 현명하고 전사들을 우대하는 것은 아니다. 카테인 왕국의 귀족 세계만큼이나 서로를 견제하고 시기하는 것이 초원 부족이었다.

아시커나크, 그가 보기에는 초원 부족인 바이큰 족이나 카테인 왕국의 귀족들이나 별반 다르지 않았다. 단지 카테인 왕국은 하나의 체계로 돌아가고, 바이큰 족은 네 개의 체계로 돌아가는 것이 다를 뿐.

그래서 그가 얼굴을 일그러뜨린 것이었다. 백 명의 부하를 잃었다. 실력은 분명히 차전사이겠으나, 하전사로 강등 될 것이 뻔했기 때문이었다. 어떻게 이 자리에 올라 왔는데 다시 하전사가 된다는 말인가?

"잠깐!"

아시커나크의 목소리가 울렸다. 그에 카이론의 신형이 멈춰 섰다. 그의 입꼬리가 파르르 떨렸다. 분명 웃음을 참고 있는 것임에 분명했다.

"뭐지?"

카이론은 등을 돌리지 않고 입을 열었다. 혹시라도 자신의 상태를 들킬 것 같아서였다. 사실 기대는 했었지만 이렇게 빨리 기대에 부응할 줄은 몰랐다. 카이론은 21C에 살았던 만큼 심리전 또한 상당했다.

상대의 처한 상황과 상대의 표정 하나, 말투 하나에서 정보를 수집하고 심리를 이용하는 심리전 말이다. 사실 원래의 계획에는 단순히 포로를 잡고 정보를 알아내는 것으로 끝을 맺으려 했다.

하지만 다시 생각하게 만든 계기는 역시 아시커나크의 실력 때문이었다. 충분히 천부장이 될 만한 실력과 뛰어난 직관력. 아니, 지휘관으로서 그 이상의 것을 보여준 그였다.

그런데 겨우 백부장. 여기서 카이론은 승부수를 던졌다. 거래라는 이름으로. 그리고 살려준다는 미끼로. 결과는 보기 좋게 걸려들었다.

"거래를 하겠다. 대신!"

"대신?"

"너와 함께 움직이겠다."

"나와?"

"그렇다."

카이론이 신형이 서서히 돌아섰다. 이미 예상한 일이다. 그 사정은 들은 바 없지만 자신의 한마디 한마디에 반응하는 모습을 보면 현재 그의 입지가 어떤지, 어떤 갈등이 있는지 파악하는 것은 어렵지 않았다. 21C에 비하면 상대의 심리 상태를 깨닫기가 어렵지 않을뿐더러 그것이 아니더라도 막다른 길에서 인간이 선택할 수 있는 경우의 수는 그리 많지 않았다.

그리고 카이론이 보기에 아시커나크는 막다른 길에 다다른 인간이다. 드러내지 않는다고 하지만 그의 얼굴과 목소리에는 허무함과 다급함, 그리고 짙은 갈망이 포함되어 있었으니까 말이다. 카이론의 입가가 미미하게 꿈틀거렸다.

"말이 된다고 생각하나?"

"이미 예상했던 일 아닌가? 나의 다급함과 회환을 말이다. 그래서 나에게 거래를 제안한 것 아니었나? 나는 돌아갈 곳이 없다."

"그런가?"

생각보다 뛰어났다. 그는 자신과 같이 목소리와 표정으로 상대의 의중을 파악할 줄 알았다. 처음 느꼈던 대로 그는 일개 백부장으로 머물 그릇이 아니었다.

'사실 초원 부족이라면 추적술과 유격전에는 최고의 자질을 가지고 있지.'

꽤 괜찮았다. 현재 카테인 왕국은 제대로 된 유격전을 펼치는 자가 없었다. 아니 오히려 유격전을 기사로서 혹은 귀족의 명예를 더럽히는 치졸한 전쟁 수행 방법이라 하여 아예 작전에서 제외시키기도 했다.

하지만 정작 그들의 승패와 공적이 경각에 달렸을 때는 그보다 더한 수도 사용하는 귀족과 기사들이었다. 말뿐이고 허울뿐인 기사의 명예요, 귀족의 노블리스 오블리주였다.

"견디기 힘들 텐데?"

"죽는 것보다는 낫지 않은가?"

하긴 그랬다. 개똥밭에 굴러도 이승이 낫다고, 죽으면 말짱 황이다. 살아야 복수든 무엇이든 해볼 수 있으니까 말이다. 그리고 카이론은 아시커나크 차전사에 대해서 다시 생각을 고쳐야만 했다.

'고양이 새낀 줄 알았더니 늑대쯤 되나?'

그랬다. 잔뜩 웅크린 고양이 새낀 줄 알았는데 성체 늑대쯤으로 보이는 아시커나크 차전사였다. 하지만 그 속에는 늑대가 아닌 호랑이가 될 수 있을 가능성도 보였다.

기회가 왔을 때 잡을 줄 아는 능력과 과감하게 자신의 거취를 결정할 수 있는 판단력. 그리고 결정적으로 나이가 그리 많지 않다는 점. 물론 카이론보다는 어리지는 않았다. 적어도 30대 중반 정도는 되어 보였다. 보통 사람에게는 30대 중반이면 전성기가 지난 나이이지만 마나를 다루는 전사나 기사에게 30대 중반은 이제 한창때나 다름없는 나이였다.

"후회하지 않을 자신 있나?"

"후회를 해도 내가 한다."

정확하게 자신의 의사를 표현했다. 이미 마음을 굳혔다는 것이다.

"어떻게 합류할 생각이지?"

"그건……."

확고했지만 즉흥적이었다. 그러기에 그에 대한 대책은 없는 상황. 당연히 대답할 수 없었다.

"바이큰 족은 숲 걸음이 있다고 하더군."

카이론의 말에 그것을 대체 어떻게 알았냐는 듯이 눈을 동그랗게 뜨고 그를 바라보는 아시커나크였다. 카이론이 그 사실은 안 것은 아카데미를 떠나기 전 기사학부 도서관에서 살았던 3일 동안이었다.

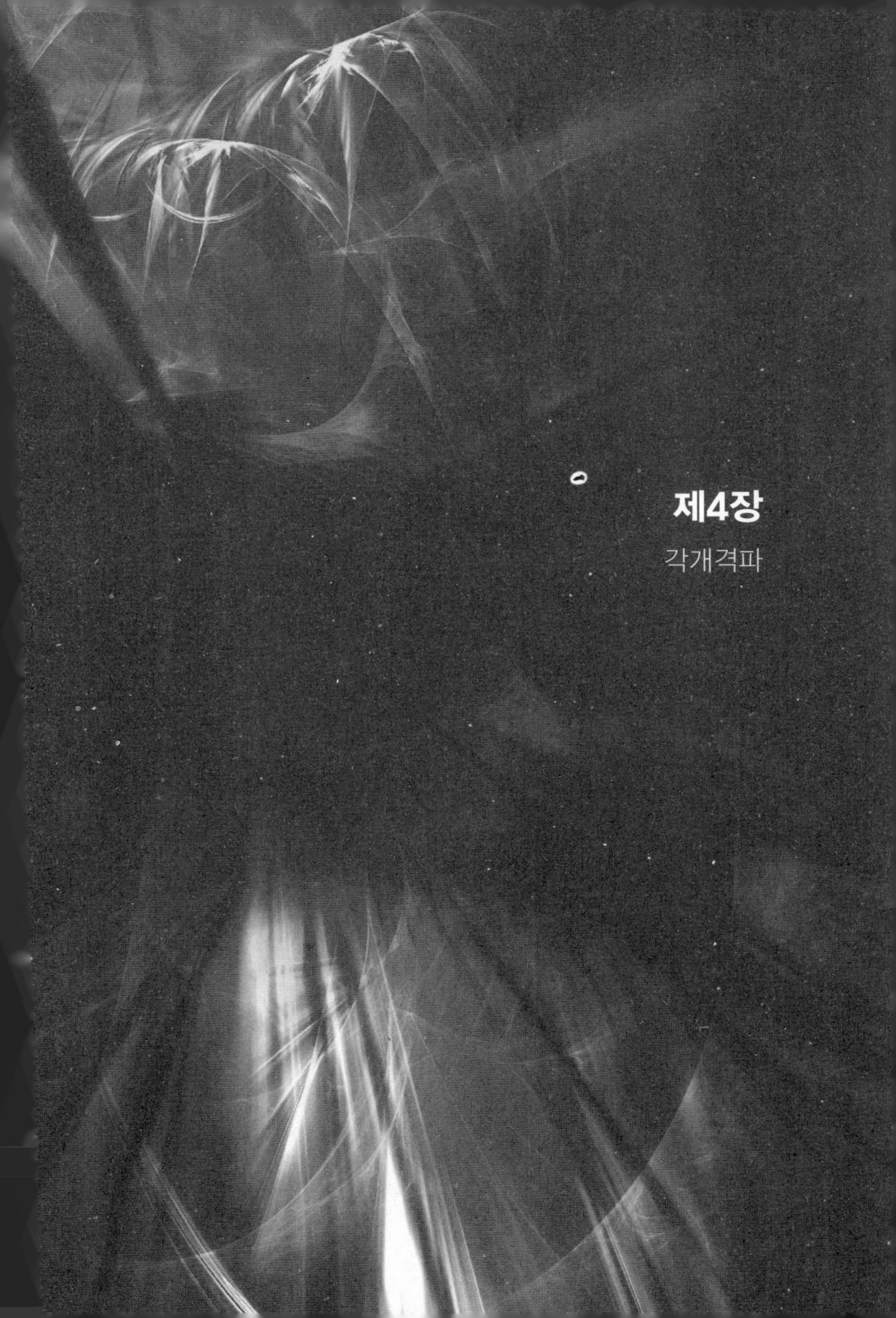

제4장

각개격파

Warrior

고대 전사(戰史)에서부터 최근 전사까지 낱낱이 수록되어 있고, 제국과의 전쟁에서부터 수백 년을 끌어온 바이큰 족과의 전사에 대한 모든 것이 있는 거대한 서고 말이다.

카이론은 품속에 손을 집어넣어 무언가를 꺼냈다. 디크란시아를 보여줄 수는 없어 이런 번거로운 행동을 하는 것이었다.

"착용해라."

"뭔가?"

"너의 존재를 지워주는 망토다."

"좋은 물건이로군."

아시커나크는 카이론이 준 망토를 만지작거렸다. 그러다 문득 생각났다는 듯이 입을 열었다.

"이런 것을 아무렇게나 줘도 되나? 내가 사라지기라도 한다면?"

"아무렇게나가 아니다. 네가 사라졌다고 여기는 순간 그 망토는 너를 죽음으로 인도할 것이다. 그 후 다시 내게 돌아오겠지."

"……!"

결국 벗어날 수 없다는 것이었다. 일정 거리를 벗어나면 되돌아오는 것이 아니라 오히려 착용자를 죽여 버리는 망토라니. 듣도 보도 못한 망토임에 분명했다. 그에 아시커나크는 망토를 착용하는데 잠시 망설였다.

"너는 한 번 배신을 했다. 그것도 부족 전체를 말이다. 내가 쉽게 너를 믿는다는 것 자체가 잘못된 것이라고 생각하는데. 아닌가?"

카이론의 말에 망토를 들고 있던 아시커나크의 손이 부르르 떨렸다. 자신은 이미 배신자인 것이다. 이미 각오한 바였지만 그것을 다른 이로부터 듣자 정신이 아득해져 오는 것을 느꼈다.

그의 고개가 숙여졌다. 카이론은 무심하게 그를 바라보았다. 언젠가는 겪어야 할 일이다. 아니, 배신자라는 딱지는 평생을 지니고 살아가야만 하는 것이었다.

'그럴 바엔 차리리.'

한쪽을 택하는 것이 낫다. 이미 부족은 버렸다. 그렇다면 남는 것은 결국 저 기도 안 차는 거구의 사내일 것이다. 마음을 결정한 아시커나크는 망토를 지체 없이 등에 돌려 목에 걸었다.

"이거 어떻게 하는 건가?"

"마나… 아~ 그쪽에서는 생명력이라 한다지? 그걸 망토에 집중시켜라."

카이론의 말에 살짝 자신의 생명력을 망토에 흘려보는 아시커나크. 그러자 그의 신형이 사라졌다. 마치 숲과 동화된 것처럼 말이다.

순간, 카이론의 신형이 움직였다. 어느새 그의 손에는 날카로운 기형의 언월도가 들려져 있었다. 그리고 모습을 감춘 아시커나크의 모습이 서서히 드러났는데 카이론의 기형의 언월도가 그런 아시커나크의 목에 정확히 대어져 있었다.

"……."

아시커나크의 눈은 차분하게 가라앉아 있었다. 분명 그도 느꼈다. 자신의 신체가 사라지는 것을 말이다. 그리고 자신의 신체 전체가 사라졌을 때 그는 몰래 카이론의 등 뒤를 돌아가 자신의 쿠크리를 들어올렸다.

하지만 걸렸다.

"보이나?"

"안 보인다 해서 느껴지지 않을 것이란 생각은 버려야지. 나는 너보다 상위의 실력자다."

한마디로 육감이 극도로 발달했거나 상위의 실력을 지닌 존재에게는 무용지물이라는 말이었다.

"하지만 웬만해서는 너의 종적을 찾아낼 수 없을 것이다. 나는 여타의 사람과는 마나를 운용하는 방법이 조금 다르거든."

"그 웬만한 정도가 어느 정도지?"

"마스터 정도면 너의 존재를 인식할 수 있겠군."

"그거면 됐다."

그들은 여전히 평대였다. 주종관계가 아닌 그저 같이 가는 존재로서 서로를 인정한 것이었다. 카이론 역시 딱히 그런 것을 따질 이유가 없었다. 덤으로 얻은 전력이니까 말이다. 실력도 출중하고.

카이론은 아시커나크를 일별하고 다시 걸음을 옮겼다.

"어딜 가는가?"

"너는 오지 않는 게 좋을 거다."

"……."

인상을 찌푸리며 미간을 접는 아시커나크.

"천인대를 노리는군."

"아마도 너와 함께 나온 두 개의 백인대는 이미 전멸했을 것이다."

카이론의 잔인한 말에 아시커나크는 고개를 끄덕였다. 가진 바 무력이 청화를 피워 올릴 정도라면 그 밑에서 조련 받은 병사들은 얼마나 강할 것인가?

자신은 결국 연줄도 힘도 없어 마니푸라 차크라(익스퍼트 중급, 복부)를 개방했음에도 겨우 백부장을 하고 있지만 나머지 백인대를 인솔하는 하전사들은 겨우 몰라다르 차크라(익스퍼트 하급, 회음)를 개방한 정도였다.

보통 바이큰 부족은 대륙에서 널리 쓰이는 체계를 사용하지 않고 차크라라는 체계를 사용하는데, 모두 7개의 단계로 나눠진다.

회음을 개방하는 몰라다르 차크라는 익스퍼트 하급에 해당하고, 하복부를 개방하는 스와디스타나 차크라는 하급과 중급 사이로 이들은 대부분 하전사라 부른다.

그리고 윗복부를 개방하는 마니푸라 차크라는 익스퍼트 중급, 가슴을 개방하는 아나하타 차크라는 익스퍼트 중급과 상급 사이로 바이큰 부족 내에서는 차전사라 일컬어졌다.

또한 목을 개방하는 비슈다 차크라는 익스퍼트 최상급에

해당하는데 대전사나 혹은 중소 규모의 족장이 이에 해당되었고, 미간을 개방하는 아즈나 차크라는 마스터라 해서 대족장이라 불렀다.

즉, 바이큰 족은 지금 네 명의 마스터가 있다는 말이었다. 대족장 위로는 정수리를 개방하는 사하스라 차크라라는 것이 있는데 이는 그랜드 마스터를 의미하고 바로 신의 사자라 일컫는다.

아시커나크 차전사가 카이론의 청화를 보고 놀란 이유는 바로 자신들이 최고라고 자부하면서도 이제껏 단 한 명도 나타나지 않았던 신의 전사의 모습이 카이론에게 투영되었기 때문이었다.

또한 부족 최고의 신의 전사가 나타날 때 그와 함께 모습을 드러낸다는 드래곤이 있었는데 그것이 바로 블루 드래곤이었다. 그런데 카이론이 들고 있는 언월도가 드래곤이 도신을 물고 있는 형상이니 그가 놀라지 않을 수 없었다.

그래서 그가 결심을 한 것이었다. 그의 입장에서 보자면 부족을 배신한 것이 아니었다. 부족의 전설을 따라 신의 전사를 택한 것일 뿐. 물론 카이론의 그 모습을 본 적이 없는 부족에게는 여전히 아시커나크는 배신자일 뿐이지만 말이다.

"항복한다면… 살려주기 바란다."

"물론! 난 살인자가 아니다."

그렇게 말을 하며 카이론의 신형이 쑤욱 앞으로 나갔다. 순식간에 근 30m는 그대로 전진한 것 같았다. 아시커나크 차전사가 놀란 눈으로 카이론을 보았을 때 카이론의 신형은 이미 그의 시야로부터 사라지고 없었다.

"어쩌면 신의 전사는 우리 부족만이 아닌 모두에게 나타나는 것일지도……."

카이론이 사라진 방향을 바라보며 넋두리처럼 말을 하는 아시커나크 차전사였다. 하지만 그는 이내 눈을 빛내며 망토에 생명력을 주입시켰고, 서서히 모습이 사라져갔다.

아시커나크 차전사가 사라진 그 시각, 카이론은 소대원들이 집결해 있는 곳에 도착해 있었다.

"부상자는?"

"가벼운 찰과상을 제외하고는 없습니다."

"괜찮군."

썩 괜찮았다. 그만큼 병사들의 실력이 늘었으니 괜찮지 않을 리가 없지 않은가? 카이론이 부대원들을 둘러보았다. 조금은 지친 표정이었다.

"1시간 동안 휴식 후 이동한다."

"명!"

병사들이 각자 휴식을 취하기 위해 자리를 찾는 동안 세 명의 소대장과 키튼 중사는 카이론 곁에 남았다.

"현재 적의 상황은?"

"제가 습격한 곳은 3백인대였습니다. 현재 이 엘간 산에 투입된 병력은 2개의 천인대이며, 우리가 맞닥뜨린 천인대는 제3천인대로써 천부장의 이름은 모타바토이며 실력은 차전사라고 합니다. 현재 이곳에서 제3천인대 본대를 이끌고 있다 합니다."

엔그로스 소위가 가리킨 곳은 자신들이 있는 엘간 산 정상 부분이었다. 한마디로 정상에서 모든 상황을 진두지휘하고 있는 것이었다.

"제가 습격한 부대는 4백인대로 포로를 잡으려 했으나 스스로 목숨을 끊는 바람에 별다른 성과는 없습니다."

바이에른 소위와 카르타고 소위가 보고했다. 실제 3개의 백인대를 습격했음에도 얻은 것은 극히 드물었다. 또한 포로 역시 없었다. 스스로 목숨을 끊어 포로로서의 가치를 없애고자 했기 때문이었다.

카이론은 고개를 끄덕이며 어둠의 망토로 전신을 감싸 대략 2백 미터 후방에서 숨어 있는 아시커나크에게 정신감응을 시도했다.

'들었나?'

'이건…….'

아시커나크는 갑자기 머리에 울리는 소리에 자신도 모르게 생각했다.

'정신 감응이라는 것이다. 생각해라. 그러면 된다. 거리는 대략 10킬로미터 내외.'

'이렇게 말인가?'

'그렇다.'

'대단하군.'

'네가 집중할 수 있는 실력이 되기 때문이다. 그건 그렇고 정보가 너무 없다.'

'부족을 팔아넘기라는 말인가?'

'글쎄?'

아시커나크의 말에 카이론은 두루뭉실하게 생각했다. 어떻게 보느냐는 그에게 달린 일이지 자신의 일이 아니었기 때문이었다. 잠시 동안 대화가 끊겼다.

아시커나크가 대답이 없자 카이론도 나름의 생각에 접어들었다. 생각보다 적이 펼친 포위망이 단단했다. 들어 올 때와는 전혀 다른 느낌이 들었기 때문이었다.

마치 자신이 들어오기를 기다리고 있었다는 듯이 움직이는 바이큰 부족들. 그리 크지 않은 엘간 산에 두 개의 천인대를 뿌려 수색을 한다는 것은 상당한 출혈이라 할 수 있었다.

왜냐하면 지금은 전시지 평시가 아니기 때문이었다. 듣기로 6군단과 쿤라이트 대족장이 이끄는 체로키 족은 박빙의 전투를 벌이고 있는 상황이기 때문이었다.

그런데 두 개의 천인대를 엘간 산에 투입한다? 말도 안 되는 소리였다.

'무슨 이유인지는 모르겠지만 명령을 받을 때 천부장은 상당히 다급해 보였다. 단순히 수색만은 아닐 거라는 생각이 든다.'

'그렇군.'

다시 대화가 끊겼다. 그렇다면 이해할 수 있었다. 카플루스 대대장은 분명 무언가를 숨기고 있었다. 무언가를 회수해야 할 것 말이다.

'카플루스 대대장. 무엇을 숨기는 거지?'

카이론은 턱을 매만졌다.

그리고.

'아시커나크!'

'불렀나?'

'이곳으로부터 좌측으로 5킬로미터쯤 가면 거대한 바위 절벽이 있고, 그 밑으로 교묘하게 가려진 동굴이 있다. 그곳에 네가 추적하던 6군단 예하 패잔병이 있다.'

'……'

카이론의 말을 듣고만 있는 아시커나크였다. 그는 직감적으로 임무라는 것을 깨달은 것이다.

'그들을 감시해야겠다. 특히 그들을 이끄는 대대장을 말이다.'

'믿어줘서 고맙군.'

카이론은 아무도 모르게 고개를 끄덕였다. 그러는 사이 어느새 한 시간의 휴식 시간이 끝나가고 있었다. 병사들이 슬슬 움직이며 장비를 다시 구비하고 있었기 때문이었다.

카이론은 키튼 중사에게 일러 소대장들을 불러 모았다.

"소대 단위 전투로 유격전에 돌입한다. 경험해서 알겠지만 백부장은 하전사로 익스퍼트 하급과 중급 사이이다. 때문에 백부장은 각 소대의 소대장이 전담해야 할 것이다."

"명!"

"1소대는 1백인대, 2소대는 2백인대, 3소대는 5백인대를 전담한다. 이후 집결지 3으로 모이며 명을 기다린다. 이상!"

"이상! 단. 결!"

소대장들은 묻지 않았다. 나머지 6, 8, 10백인대는 어찌할지 말이다. 하지만 그것을 누가 어떻게 할지는 설명하지 않아도 안다. 소대장들이 떠나고 키튼 중사와 카이론만 남았다.

"어디로 갑니까?"

"뱀은 머리를 잘라야 하는 법이지."

그 말인즉슨 곧바로 본부 백인대로 들이치겠다는 말이었

다. 본부백인대란 바로 10백인대를 뜻했고, 10백인대는 이곳으로부터 정확히 12km 떨어져 있었다. 가는 것도 문제라 할 수 있었다.

"따라와!"

카이론이 앞으로 튕겨져 나갔다. 키튼 중사는 놓치지 않겠다는 듯이 다리에 힘을 주었다. 당연히 힘만으로는 카이론을 따라 잡을 수 없었다. 아주 자연스럽게 마나가 그의 두 다리로 파고들었고, 그의 발바닥의 움푹 들어간 곳에서 뜨거운 마나의 힘이 전해졌다.

한 걸음에 5m는 기본으로 뛰고 있었다. 날카로운 나뭇가지가 다가왔으나 그동안의 훈련이 헛되지 않았는지 가볍게 몸을 틀어 피하고 스치듯 지나갔다.

둘은 한동안 말없이 달렸다. 순식간에 12km라는 거리는 정복되었고, 그들의 눈앞에는 불빛을 휘황하게 밝힌 적의 본부 백인대가 위치해 있었다.

그들은 안심하고 있었다. 수색을 나간 수색 백인대는 적을 압박하고 있을 것이고, 자신들은 그저 이곳에서 보고를 기다리기만 하면 되기 때문이었다. 카이론이 멈춰 선 곳은 본부 백인대가 위치한 곳으로부터 2km 정도 떨어진 거리였다.

적 백인대 진영이 훤히 내려다보이는 곳. 키튼 중사는 잠시 숨을 토해냈다. 아무리 마나를 이용한다고 했지만 카이론을 따라 잡기에는 결코 쉽지가 않았다. 카이론이 은근히 그가 쫓아 올 수 있도록 배려를 했음에도 불구하고 말이다.

"후욱!"

답답한 숨이 시원하게 토해졌다.

"전방 1킬로미터 지점 가장 큰 떡갈나무 매복 1, 전방 500미터 지점 회백색 바위 지대 매복 2, 전방 250미터 지점 은신 1."

키튼 중사는 더 이상 묻지 않았다. 이곳에서 자신의 역할은 주어진 임무를 완벽하게 실행하는 것이다. 잠시 호흡을 가다듬고 마나를 전신으로 돌린 후 키튼 중사는 움직였다.

카이론은 말없이 키튼 중사가 움직여 나가는 것을 보았다. 어둠이라고는 하지만 카이론에게는 전혀 장애가 되지 않았다. 카이론은 어느새 저격총으로 변한 자신의 총을 들어 올렸다.

그리고 망원 스코프에 눈을 가져갔다. 밝게 빛나는 불빛 속에서 적들의 움직임이 선명하게 잡히고 있었다. 카이론의 총구가 움직였다. 그의 총구가 향하는 곳은 가장 큰 막사가 있는 곳.

'너무 늦은 건가?'

확실히 그랬다. 너무 늦었다. 사위가 어둠에 잠겨 있는 지금의 상황. 몇몇의 경계병을 제외하고는 움직임이 너무 적었다. 대략 30분을 기다리던 카이론은 결국 저격총을 거둬 들였다.

더 이상 기다릴 수 없었다. 카이론의 신형이 빠르게 움직였다.

'적 후방으로 이동!'

카이론이 키튼 중사에 명령을 내렸다. 적진으로부터 1km 떨어진 지점에서 은신을 하고 있는 키튼 중사 역시 명령을 받은 즉시 움직였다. 카이론을 따라 움직이던 때보다 훨씬 자연스러운 움직임이었다.

그리고 키튼 중사가 적진의 후미에 도달했을 때, 카이론은 그 자리에서 뛰어 올랐다. 인간이라고는 도저히 믿을 수 없는 높이였다. 하늘 높이 떠오른 카이론은 정점에 이르렀다 생각이 들자 그대로 하강하기 시작했다.

슈우우우~

떨어져 내렸다.

그때, 순찰을 돌던 경계병 중에 한 명이 우연히 밤하늘을 바라보았다. 그리고 검은색의 무언가 떨어져 내리는 것을 보았다. 분명 검은색이었는데 기이하게 어둠과 확연하게 분간할 수 있었다.

"어?"

그는 놀란 목소리로 밤하늘을 가리켰다. 그에 같이 경계를 서던 전사 역시 그가 가리킨 밤하늘을 바라보았다.

"어?"

푸화악!

내리꽂혔다. 맞다. 말 그대로 내리꽂혔다. 그런데 그 내리꽂힌 곳이 하필 차전사가 숙면을 취하고 있는 곳이었다. 오늘따라 유별나게 빨리 취침에 들어간 차전사. 하지만 그 유별남 때문에 그는 죽음에 이르고 있었다.

떨어져 내린 카이론.

천막을 무너뜨리고 그 가장 안쪽에서 안락한 잠에 빠져든 차전사의 목을 그대로 베었다. 비명도 없었다. 그저 편안하게 잠든 그 자세 그대로 죽음에 이르렀다.

하지만 카이론의 움직임은 그것으로 끝난 것이 아니었다. 그는 차전사의 목을 벰과 동시에 튕기듯이 무너진 천막을 치고 나가며, 멍하게 무너진 천막을 바라보고 있던 한 명의 하전사와 경계병의 목을 스치고 지나갔다.

그들의 죽은 동체는 느릿하게 쓰러졌다.

"저, 적이다!"

그때, 누군가 다급하게 외쳤다. 갑작스러운 외침이었지만 바이큰 족의 전사들은 침착하고 재빠르게 무기를 들고 천막을 나섰다. 그 순간에도 카이론의 언월도는 멈추지 않았다.

1백여 명에 이르는 백인대 속에서도 카이론은 무인지경으로 움직였다. 거친 외침이 어둠 속에서 울려 퍼졌고, 수없이 많은 횃불이 움직이며 카이론의 종적을 찾았다.

그리고 마침내 그들은 카이론을 찾아냈다. 아니, 카이론이 움직이지 않았을 뿐이었다. 그는 전설의 타이탄 족처럼 진영의 한가운데에서 우뚝 서 있었다.

그 모습에 바이큰 족 전사들은 침을 삼켰다. 이미 그의 주변에는 열 명이 넘는 전사의 주검이 널브러져 있었다. 순식간이었다. 적이라는 소리가 들리고 불과 5분여의 짧은 시간에 죽어간 전사의 수가 너무 과했다.

카이론과 바이큰 족 전사들의 대치가 짧게 이어졌다. 하지만 그 대치는 오래가지 않았다.

"죽엿!"

"쳐라!"

짧고 예리한 단창이 카이론에게 쏟아졌고, 뒤이어 화살 세례가 퍼부어졌다. 바이큰 족의 전사는 기본으로 단창과 활을 구비한다. 또한 기마에 능해 기사 또한 가능했다.

말 위에서 먹고 자는 그들이고 보면 단창과 활은 기본이라 해도 과언이 아닐 것이다.

후우우웅!

카이론의 언월도가 폭풍처럼 회전했고, 그 속도가 얼마나 빠르던지 눈으로 쫓을 수 없어 잔상이 남을 정도였다. 전사들은 그렇게 생각했다. 잔상이라고 하나, 잔상은 실체화 되고 있었다.

따다다당!

그들의 던진 단창과 그들이 쏘아 올린 화살이 그 잔상이라 생각하는 벽에 부딪혀 사방으로 튕겨져 나가고 있었다.

"무슨……."

"저, 저런……."

"끼야앗호!"

기괴한 함성을 지르며 몇 명의 전사가 카이론을 향해 쇄도했다. 모두 얼이 빠져 있는 것은 아니었다. 그들은 초원을 달리는 전사였고, 천부장의 직속 본대였다.

천 명의 부하 중 가장 용맹한 자들이었고, 천부장이 가장 신임하는 자들이었다. 그러한 자들의 결코 호락호락할 리는 없는 것이다. 카이론의 눈이 그들을 쫓았다.

천인대의 본 백인대. 백부장은 물론 십부장과 오십부장까지 모두 하전사로 이루어져 있었다. 그것은 최소 익스퍼트 하급의 기사가 열 명 이상이라는 것을 의미하는 것이었다.

그리고 그것을 증명이라도 하듯이 카이론을 향해 쇄도하는 이들의 1m 남짓한 쿠크리에는 붉은색의 오러 스트림이 시전되어 있었다. 그들의 공격은 교묘했다.

네 명의 하전사는 카이론의 상단과 하단을 쓸어 들어오고 있었고, 단창과 화살은 그의 중단을 집중적으로 공격해 들어오고 있었다. 화살과 단창을 막자니 상단과 하단이 비고, 상단과 하단을 막자니 중단이 빈다.

여느 기사였다면 막기 보다는 회피를 택했을 것이다. 하지만 회피할 곳도 만만치 않았다. 그들은 훈련된 전사였다. 강자를 상대하는 방법을 훈련받은 전사 말이다.

하나, 그것은 일반적 범주의 약자나 강자에 대한 훈련이라 할 수 있었다. 지금 그들 앞에 선 자는 강자였다. 그것도 인세에 찾아보기 힘든 절대의 강자 말이다.

꾸욱!

카이론은 손아귀에 힘을 주었다. 마치 피겨의 레이백 스핀처럼 허리를 뒤로 휨과 동시에 전면을 향해 풍차처럼 돌리던 그의 언월도가 검은 하늘을 향해 곧추섰다.

파하아악!

언월도의 날 끝에서 백색의 띠 모양의 선이 카이론의 전신을 감싸기 시작했다. 그 백색의 띠는 한 개에서 두 개로, 두 개에서 네 개로, 네 개에서 여덟 개로 기하급수적으로 수를 늘리더니 종내에는 그의 전신을 하나의 막을 형성해 감쌌다.

투다다닥!

콰차장!

그를 향해 쏘아진 수십의 단창과 수백의 화살이 튕겨져 나갔다. 또한 그의 상단과 하단을 공격하던 하전사들의 붉은색의 오러 스트림과 격돌하며 청백색의 불꽃이 사방으로 튀어 올랐다.

"크흐읍!"

네 명의 하전사가 답답한 신음성을 내며 튕겨져 나갔다. 카이론의 방어는 거기에서 끝이었다. 그들이 튕겨져 나가고 전사들이 당황해하는 그 순간 카이론의 거대한 동체가 움직였다.

콰하아악!

바람이 일었다. 살랑이는 바람이 아니라 무엇이든 무너뜨려 버릴 거대한 폭풍이 불었다. 그는 뛰어 올랐고, 언월도에 백색의 오러 블레이드를 시전하여 그대로 전면을 내려쳤다.

쿠우~ 콰아앙!

정적이 흐른 후 거대한 폭음 들려왔다. 비명 소리는 없었다. 그리고 폭음에 이어 또 한 번의 거대한 울림.

쩌저저적!

카이론이 내려진 대지가 일직선으로 갈라지고 있었다. 그 주변으로 수십의 전사가 형체도 없이 사라졌고, 대지가 갈라지는 그 순간에도 몇몇의 전사는 피를 토하며 나뒹굴고 있었다.

일직선으로 갈라진 곳으로부터 20여 미터 이상 이격된 곳에 하전사들이 경악에 찬 얼굴로 풍비박산이 된 전장을 바라볼 뿐이었다.

단 한 수.

단 한 수에 절반 가까운 전사가 죽거나 다쳤다. 그 커다란 굉음에 전사의 비명 소리조차 들리지 않았다. 하지만 하전사들의 눈에는 분명 비명을 지르고 있는 것이 보였다.

그런데 소리가 들리지 않았다. 하전사 중 한 명이 귀를 툭툭 쳤다. 머리를 옆으로 기울여 귀에 들어간 물을 빼내는 것처럼 쳤다. 그러자 모기가 앵앵거리는 소리가 들리더니 마침내 소리가 들려왔다.

"크하아악!"

"사, 살려줘!"

"배… 배가!"

아비규환.

그 말로서 모든 것이 설명이 가능했다. 비명 소리가 들리지 않은 것이 아니라 너무나도 커다란 굉음에 귀가 잠깐 동안 들리지 않은 것이었다. 하전사의 눈꺼풀이 파르르 떨렸다.

"뒤, 뒤!"

그때 또다시 들려오는 외침. 하전사의 시선이 그곳으로 향했다. 어둠 속에서 붉은색의 오러 스트림이 보였다. 또 한 명의 적이 난입했다. 분명 붉은색의 오러 스트림이건만 그 파괴

력은 오러 포스에 버금가고 있었다.

추풍낙엽.

가을날 나뭇잎이 어지러이 떨어지듯 죽어나가는 초원의 전사들. 그 외에는 지금 이 상황을 어떻게 설명할 말이 없었다. 하전사는 느릿하게 전장의 후미에서 전장의 중심으로 시선을 옮겼다.

그 순간 그는 한 줄기 유려한 섬광을 볼 수 있었다. 그 섬광을 따라 검붉은 선이 안개처럼 퍼져갔다. 그리고 그 섬광의 중심에는 지극히 어두운 초승달의 달빛을 받아 검은 동체를 빛내며 움직이는 자가 있었다.

보통이라면 하프 오거라 생각했을 것이다. 하지만 지금 이 순간에는 전설의 타이탄 족 전사가 생각나고 있었다. 그는 무서움을 모르는 전사였다.

수백의 적 앞에서도 전혀 위축됨이 없었고, 수백 발의 화살 앞에서도 눈 하나 깜빡이지 않는 자. 피가 강을 이루고 시체가 산을 이룰지라도 흔들림 없는 단단한 바위와 같은 자.

'그는 전사다. 그는 전신이다.'

지금 초원의 전사들이 죽어감에도 불구하고 하전사의 눈을 사로잡고, 뇌리를 가득 채운 하나의 생각은 바로 그것이었다. 아무 생각도 없었고 움직일 수조차 없었다.

툭!

갑작스럽게 자신의 가슴에 차가움이 느껴졌다. 하전사는 자신의 가슴을 바라보았다. 자신의 가슴에는 차가운 도신이 들어와 있었다. 그 도신을 통해 검붉은 핏줄기가 흘러내렸다.

"어~"

아주 미약하게 입을 여는 하전사. 하전사의 시선과 카이론의 시선이 부딪혔다. 하전사는 입을 벙긋거렸다. 하지만 소리는 나오지 않았다. 카이론의 언월도의 도신이 느릿하게 뽑혀져 나왔다.

카이론의 시선이 다른 곳으로 향했다. 그리고 하전사의 핏줄기와 함께 하나의 검붉은 선을 그렸고, 또 다른 하전사의 목에 붉은 혈선이 생겨났다. 가슴이 꿰뚫린 하전사는 느릿하게 뒤로 넘어갔다.

"크아악!"

"죽어! 죽으란 말이닷!"

"이, 이런 썅!"

몇 남지 않았다. 1백에 이르던 천인대의 최고 전사들이 단 몇십 분 만에 모두 죽었다. 남은 전사들은 공황상태에 빠져 미친 듯이 형식도 없이 쿠크리를 휘둘렀다.

키튼 중사는 쯔바이한더를 거둬들인 채 그들을 바라보았다. 그리고 생각했다.

'그는 진정 무섭다.'

그렇다. 무서움을 모르는 초원의 전사들이 공포에 짓눌려 허공에 미친 듯이 쿠크리를 휘두르고 있었다. 살아도 산 것이 아닌 전사들.

'진정한 전사는 아마 그일지도.'

진정한 전사. 지금 키튼 중사는 진정한 전사를 눈앞에서 보고 있는지도 몰랐다. 그러는 동안에도 허물어지고 있는 몇 안 남은 초원의 전사가 그의 시선에 들어왔다.

"어떤가?"

가볍게 자신의 등 뒤로 기형의 언월도를 수납한 카이론이 물었다. 그 뜬금없는 물음에 키튼 중사는 눈을 끔뻑거렸다.

"뭐가 말입니까?"

"주변에 목책을 두르고 요새화시킨다면 엘간 숲 전체와 주변의 모든 것을 통제할 수 있는 최고의 감제고지—주위가 두루 내려다보여 적의 활동을 감시하기에 적합한 고지—가 될 성싶은데."

카이론의 말에 키튼 중사는 주변을 둘러보았다. 초승달이 떠 있는 야밤이라고 하지만 예전과는 전혀 달라진 키튼 중사였다. 이미 익스퍼트에 들었다. 일반인의 범주를 벗어났다는 말이었다.

익스퍼트가 되면 가장 먼저 두드러지는 것은 신체적으로 월등해지는 것이다. 그중에는 시력도 포함되었다. 밤이라 할

지라도 마나를 눈으로 흘린다면 어둠이라는 것이 큰 장애가 되지 않는다.

키튼 중사는 마나를 눈에 흘렸고, 멀리는 아니지만 일반인이 확인할 수 있는 거리보다 월등한 거리를 살펴볼 수 있었다. 그리고 절로 고개를 끄덕일 수밖에 없었다.

왜 바이큰 족 수색대의 본대가 여기에 자리를 틀었는지 이해가 되었다. 주변 전망이 한눈에 들어왔다. 어떻게 패잔병이 살아남았는지 이상할 정도였다.

“뭔가… 이상하지 않습니까?”

“사냥을 한 거지.”

그 한마디에 모든 상황이 이해가 되는 키튼 중사였다. 이들은 전투를 한 것이 아니라 유희를 즐긴 것이었다. 절로 키튼 중사의 인상이 찌푸려졌다. 이건 전투가 아니었다.

“이제… 우리가 사냥해야겠지.”

“…….”

말없이 카이론의 말에 동의하는 키튼 중사였다. 눈에는 눈, 이에는 이. 피에는 피로 갚아주는 것이 정당한 방식이다. 그것이 카이론이 살아가는 방법이었다. 그리고 이 순간 키튼 중사는 그 살아가는 방법이 정말 마음에 들었다.

저벅저벅!

생각에 잠겨 있는 동안 카이론은 저만큼 앞으로 걸어가고 있었다. 그 모습을 보던 키튼 중사는 피식 웃고 잰걸음으로 그를 따라 나섰다. 그는 기다려 주지 않는다.

자신의 가랑이가 찢어지더라도 그를 따라 나서야 했다. 유난히도 넓은 그의 등과 유난히도 무겁게 느껴지는 그의 어깨였다. 키튼 중사의 얼굴이 침중하게 굳어졌다.

그의 어깨에서 키튼 중사는 생명의 무게를 느낀 것이었다. 지금껏 그는 가볍게 살아왔다. 그의 정신적인 모토가 '가늘고 길게 살자' 일 정도이면 그가 얼마나 조심스럽게 살아왔는지 알 것이다.

하지만 그렇다고 해서 그가 아무렇게나 살아오지는 않았다. 이 치열한 전장에서 살아남았다면 분명 그럴 만한 이유가 있을 것이다. 가볍든 무겁든 말이다. 그는 이 지긋지긋한 전장에서 수없이 많은 죽음을 보아왔다.

친한 동생도 있었고, 친한 친구도 있었으며, 심지어는 자신의 친형도 이 전장에서 죽었다. 오로지 남은 건 그 혼자. 그 몇 명의 죽음에 대한 죄책감으로 지금껏 살아온 키튼 중사였다.

"제길!"

카이론의 어깨를 바라보며 걸음을 재촉하던 키튼 중사의 입에서 까닭모를 푸념 같은 말이 흘러나왔다. 분명 지금 자신이 하는 행동은 자신의 모토에서 한참이나 벗어난 행동이었다.

그런데 할 수밖에 없었다. 어쩔 수 없이 하는 것이 아닌 어떤 한 사람에 이끌려서 할 수밖에 없었다. 키튼 중사는 애꿎은 풀을 차면서 열심히 카이론의 뒤를 따라 움직였다.

툭!

"억!"

그러다가 부딪혔다. 갑자기 걸음을 멈춘 카이론의 등에 말이다. 머쓱해진 키튼 중사는 카이론이 바라보는 곳으로 시선을 향했다. 지금 그들이 가는 곳은 집결지 3이었다.

아직 두 개의 백인대와 한 개의 천인대가 남았지만 일단 자신이 지시한 임무를 완수했으니 다시 전황을 살피고 명령을 하달해야만 했다. 그런데 카이론과 키튼 중사가 집결지 3으로 이동하는 길목에 적의 두 개 백인대가 모여들고 있는 것을 발견한 것이었다.

적이 집결하고 있는 곳은 카이론이 정한 집결지 3과 멀지 않은 장소였고, 2연대 1대대의 패잔병이 은폐하고 있는 동굴과 멀지 않은 장소였다.

현재의 위치는 집결지 3과 은폐한 동굴의 딱 중간이라 할 수 있었다.

"집결지 3 이탈! 둥지와 집결지 중앙 지점. 적 2개 백인대 집결 중!"

—어디로 갑니까?

"1소대 집결지 1, 2소대 둥지, 3소대 집결지 2로 이동!"

—명!

통신 네크리스를 통해 즉각 상황 조치에 나선 카이론이었다.

'아시커나크!'

'불렀나?'

'상황은?'

'그 대대장이라는 자 곁에 있는 장교가?'

'소대장.'

'그래! 소대장의 행동에 이상한 점이 있다.'

순간 카이론은 무언가를 짐작할 수 있었다.

'그가… 모타바토 차전사가 이끄는 천인대의 백부장을 만난 후 그를 따라 나서더군.'

'그런가.'

카이론은 무언가 짐작한 듯한 목소리를 내었다. 얼굴 표정은 보이지 않았지만 마나를 통한 생각의 대화는 그런 사소한 부분 역시 전해주고 있었다.

'어떻게 할 건가?'

'접근한다면 그들을 막아라.'

'일족을 죽이라는 말인가?'

'이미 각오한 바가 아닌가?'

'…….'

말이 없었다. 배신은 했지만 그래도 그들은 자신의 일족이었다. 단지, 그들이 그리도 미워하는 카테인 왕국을 닮아가는 것이 싫어서 그들을 배신했지만 그렇다고 모두를 미워하는 것은 아니었다.

한마디로 그는 현재 변질되어 가고 있는 바이큰 족의 지배계층을 싫어하는 것이었다. 그들은 권력을 잡고 권력의 맛을 알게 됨으로써 타락하고 있었다.

카테인 왕국의 귀족이나 기사들처럼 말이다. 초원의 부족은 초원을 달림으로써 그 존재를 드러낸다. 하지만 그것은 이제 과거의 일이 되었다. 네 명의 대족장을 중심으로 뭉친 전사들은 이제 초원을 달리지 않는다.

그래서 아시커나크는 일족을 바꾸고 싶었다. 하지만 배경도 없고 가진 것이라고는 아무것도 없는 그가 할 수 있는 일은 없었다. 어쩌면 변명일지도 모르지만 이렇게 해서라도 바꾸고 싶을 정도로 간절했다.

'막으라 했지 죽이라 하지는 않았다.'

'…고맙군.'

그래서 고맙다는 말을 했다. 전혀 다른 자가 자신의 마음을 이해해 주고 있었기 때문이었다. 이런 감정은 정말 생소한 것이라 할 수 있었다. 같은 일족도 아닌, 혹은 같은 부족도 아닌 자가 자신을 이해한다는 것이 말이다.

물론 그 생각은 오직 아시커나크 자신만의 생각이다. 그냥 느낌이 그렇다는 것이었다. 카이론이 자신을 어떻게 생각하는지에 대해서는 아직도 현재 진행이었기 때문이었다.

자신은 그와 거래를 한 관계였다. 거래에는 반드시 대가가 필요한 법. 자신이 짊어져야 할 대가는 바로 바이큰 부족을 배신했다는 배신자의 낙인이라 할 수 있었다. 그리고 그 낙인 속에는 부족을 적으로 대해야 한다는 것도 포함되어 있었다.

물론 그것은 아시커나크 차전사의 자격지심일지도 몰랐다. 아니 자격지심이라기보다 그는 아직 준비가 되어 있지 않았다. 독심을 품어야만 했다. 그는 스스로 독심을 품었다고 했지만 막상 일이 닥치자 독심이 허물어지고 있었다. 아시커나크 차전사는 고심할 수밖에 없었다.

'나는 배신자다! 하지만 부족을 재건해야 할 전사다. 바이큰 부족은 이제… 적이다!'

그는 스스로에게 다짐했다. 스스로에게 배신자의 낙인을 찍은 아시커나크 차전사. 그는 이 순간 오로지 자신의 부족을 재건하기 위해 모든 것을 감수할 생각을 굳혔다.

아시커나크 차전사가 자신의 입장을 확고하게 정리하고 있을 때 카이론은 아시커나크와의 정신감응을 마친 후 어둠 속에서 은밀히 움직이는 두 개 백인대를 지켜보고 있었다.

—1소대 집결 완료.

—2소대 배치 완료.

—3소대 완료.

"대기!"

간단한 명령을 내린 카이론이 어둠 속을 훑어보았다. 그리고 바이큰 족의 백부장과 함께 있는 누군가를 보았다. 어둠 속에서도 그들의 웃음은 충분히 볼 수 있었다.

"소대장과 분대장은 현재 내가 위치한 곳으로 집결한다."

그의 명이 떨어지기 무섭게 소대장과 분대장들이 카이론이 있는 곳으로 움직이고 있었다. 이미 유격의 세 단계를 모두 마친 그들에게 있어서 이런 어둠 따위는 그리 큰 문제가 아니었다.

특히나 이미 익스퍼트의 경지를 개척한 소대장들은 숲의 수북한 낙엽 속에 숨어 있는 돌멩이까지 보일 정도였다.

그들을 기다리기를 30분여. 그동안 바이큰 족의 두 개 백인대는 전혀 움직임을 보이지 않고 있었다. 어차피 그들은 지금 엘간 산에서 벌어지는 상황을 모르고 있었다.

마법 통신구가 없는 것은 아니나 통신을 하기 위해서는 분명 마나, 즉 그들의 차크라를 움직여야 했다. 차크라를 움직인다는 것은 적을 추적하는데 있어서 현재 위치를 노출시킬 수 있는 위험이 있었다. 때문에 바이큰 족은 상황을 파악하기 위해서 보통 전령을 이용했다. 특히나 이런 우거진 숲에 특화된 그들이라면 굳이 통신 크리스탈을 이용하지 않아도 됐다.

또 다른 이유는 통신 크리스탈이 자신들이 만든 게 아니라는 것이었다. 통신 크리스탈은 마법 무구다. 초원 부족인 바이큰 족은 주술사는 있을지언정 마법사는 지극히 드물었다.

그러한 점에서 카이론이 이끄는 중대는 굉장한 이점을 가질 수밖에 없었다. 통신 네크리스는 운용함에 있어 착용자의 마나를 사용하는 것이 아닌 자체 내장된 마나를 사용하니 이런 은밀한 작전을 수행하는데 있어서는 최적의 마법 무구라 할 수 있었다.

지금까지는 그것을 사용하지 않아도 바이큰 족이 작전을 수행하는 데 있어서 그리 큰 불편이 없었다.

지금까지 그래왔으니 지금도 당연한 것이었다. 카이론은 바로 그 맹점을 파고든 것이었다. 바이큰 족은 항상 자신들이 유리한 곳에서 싸워왔다. 물론 압도적인 병력이나 뛰어난 전술에 의해 패할 때도 있었으나 대체적으로 소규모의 전투에 있어서 그들이 카테인 왕국군에게 패한 적은 별로 없었다.

카이론은 그러한 그들의 맹점을 파고들었다. 그들의 자만심을 파고든 것이다. 게다가 카이론이 훈련시킨 1중대원들은 산속에서라면 설사 바이큰 족이라 할지라도 쉽게 자리를 내

주지 않을 정도로 혹독한 훈련을 받았다.

"키튼 중사는 척후조 아홉 명과 함께 적을 유인, 이곳 1번 목표 지점에서 1소대와 접선 후 2번 목표 지점까지 이동한다."

카이론은 흙과 작은 돌, 혹은 작은 나뭇가지를 이용해 만든 엘간 산의 사판(모형도)을 하나하나 지적하며 입을 열었다.

카이론이 손가락으로 가리킨 지점은 지형의 어떤 특징점을 표시하고 있어 소대장이나 분대장 역시 단번에 그 지점이 어디에 있는지 파악할 수 있었다.

"2소대의 절반은 패잔병으로 위장하여 2번과 3번 목표 지점으로 이동하는 동안 정찰조와 합류하며, 나머지 2소대 절반과 3소대는 4번 목표 지점에서 매복한다."

여기까지 설명하자 소대장과 분대장은 카이론의 작전을 명확하게 알 수 있었다. 적을 분리시키는 것이다. 1번 목표 지점에서부터 4번 목표지점까지 대략 6km.

아무리 산중이라 하지만 근 2백 명이 지르는 함성을 못들을 리 없을 것이다. 하지만 카이론은 그것까지 계산하고 있었다. 엘간 산에 속해 있는 몇 개의 폭포 중 가장 큰 폭포를 마지막 4번 목표 지점으로 잡은 것이었다. 폭포 소리가 함성을 가려 줄 것이다.

'대단하다.'

한마디로 감탄할 수밖에 없었다. 자신들도 엘간 산의 단편적인 모습은 충분히 인지하고 있었다. 하지만 카이론은 엘간 산의 단편적인 모습이 아닌 전체를 관통하고 있었다.

자신들이 나무를 보고 있다면 카이론은 숲 전체를 보고 있는 것이다. 카이론의 설명에 소대장들은 절대 불가능할 것 같은 이번 임무가 수월할 것 같다는 생각이 들었다.

그도 그럴 수밖에 없는 것이 겨우 1개 중대다. 1개 중대로 적 천인대가 주둔하고 있는 엘간 산을 점령하고 공격을 위한 교두보를 마련하는 것은 불가능한 임무라 할 수 있었다.

하지만 지금 상황을 보면 카이론 그 불가능해 보이는 임무를 완수해 내고 있었다.

아무리 적들을 조각조각 찢어서 상대했다지만 속의 내용물을 수없이 확인하며 받은 훈련이 없었더라면 불가능했을 것이다. 그들은 훈련의 효과를 톡톡히 보고 있었다.

"모두 이해했나?"

"……."

말없이 눈빛만 반짝이는 소대장과 분대장들이었다. 야간 작전. 그것도 적과 마주한 상태에서 소리를 낸다는 것 자체가 문제가 되는 것이니까. 그들은 지난 5개월간 그렇게 카이론에게 교육을 받았다.

"각자 위치로!"

카이론의 명에 모두가 일사분란하게 움직여 나갔다. 그중에는 키튼 중사도 있었다. 카이론은 그들이 은밀하지만 빠르게 이동하는 것을 지켜본 후 가장 높은 나무로 이동했다.

그리고 그들의 예상 접전 지역으로 향했다. 나무에서 나무로 움직이는 카이론. 그의 모습은 마치 중력이 작용하지 않는 것 같았다. 가장 높은 나무의 끝에 서 있음에도 나무의 끝은 구부러지지도 않았다.

또한 그런 연약한 나뭇가지를 박차자 마치 스프링처럼 튕겨 카이론을 밀어내는 나뭇가지였다. 한 번 튕길 때마다 십여 미터씩 이동한 카이론의 신형이 어느 순간 나무의 밑으로 사라졌다.

* * *

"적의 패잔병 같습니다."

전면과 후면으로 나눠져 사방을 경계하며 적을 찾던 척후조 중 한 명이 빠르게 백부장에게 다가와 귓속말로 속삭였다.

"분명 패잔병인가?"

"저자가 설명한 그대로의 복색입니다만 군데군데 피가 묻어 있고, 이동속도가 부자연스러운 것이 패잔병이 분명합니다. 인원은 대략 열 명 정도입니다."

척후조장의 말에 가볍게 고개를 끄덕이는 백부장. 그는 슬쩍 저 앞에서 카테인 왕국의 장교와 이야기를 나누고 있는 백부장을 바라보다 슬쩍 웃음 지었다.

"그들을 좇아라. 반드시 다른 무리와 합류할 것이다."

"명!"

척후조장은 알겠다는 듯이 바로 군례를 올리고 빠르게 어둠 속으로 사라졌다. 그를 보고 다시 6 백부장이 있는 곳으로 걸음을 옮겼다. 마치 아무런 일도 없었다는 듯이 말이다.

"케오쿠크(경계하는 여우) 백인장."

"아! 마토쿠와피(곰에게 쫓겨) 백인장. 무슨 일인가?"

마토쿠와피 5백부장을 반갑게 맞는 케오쿠크 6백부장이었다. 하지만 행동과는 달리 그의 눈은 서늘하기 그지없었다. 안면 근육을 움직여 반가움을 표했으나 그의 눈에는 여전히 경계심이 깃들어 있었다.

"계속 저 박쥐같은 자와 같이 할 텐가?"

마토쿠와피 제5백부장의 말에 케오쿠크 제6백부장의 옆에 있던 사내가 쓴웃음을 지었다. 쓴웃음을 짓는 자는 바로 토마스 마틴 소대장이었다. 케오쿠크 6백부장은 그런 마틴 소대장을 바라보더니 이내 마토쿠와피 5백부장을 바라보았다.

"그는 온전하게 초원 부족의 전사 의식을 거친 자다. 박쥐라는 말은 삼갔으면 하는군."

"그걸 말이라고!"

"경고했다. 마토쿠와피."

싸늘하게 굳어지며 덤덤하게 입을 여는 케오쿠크의 말에 마토쿠와피는 입을 다물었다. 하나, 그의 표정은 역력하게 승복할 수 없다는 불만이 잔뜩 떠오른 모습이었다.

"난! 여기에서 기다리지 않겠다."

그렇게 말을 하면서 케오쿠크의 말을 듣지도 않고 그대로 몸을 돌리는 마토쿠와피였다. 그의 등을 보며 무언가를 말하려던 케오쿠크는 결국 말을 하지 못하고 말았다.

이미 마토쿠와피가 어둠 속으로 사라졌기 때문이었다. 그때, 케오쿠크의 곁에 있던 마틴 3소대장이 인상을 찌푸리며 근심어린 목소리로 입을 열었다.

"말려야 하지 않겠소? 아직 상황이 어떻게 돌아가는지 모르는 상황인데……."

"그들이 모타바토 천인부대를 어찌할 수 있을 것이라 생각하나?"

"물론 아니오. 하지만 그의 입에서 분명 한 개 백인대를 지웠다는 말을 들었소. 그렇다는 것은 비록 중대라고는 하나 결코 만만찮은 전력을 가졌다는 말이 아니겠소."

마틴 소대장의 말에 안색을 살짝 찌푸리는 케오쿠크였다. 그는 마틴 소대장을 뚫어지게 바라보았다. 그는 분명 카테인 왕국의 사람이었다. 하지만 그것은 겉모습만 그러할 뿐이었다.

그는 이미 초원 전사들과 다르지 않은 사람이었다. 어렸을 적 그는 초원 부족에 의해 거둬졌고, 지독한 정신 교육과 훈련을 받은 후 다시 카테인 왕국으로 넘어갔다. 그곳에서 초원 부족의 지원하에 아카데미를 졸업하고 부를 축적하고 군에 들어 초급 장교가 되었다.

현재 카테인 왕국에 많은 이가 마틴 소대장과 같은 일을 하고 있었다. 그들은 생김새만 카테인 왕국인이지, 그 내용물은 철저하게 초원 부족이었다.

물론 그중에서도 초원 부족을 배척하는 이들도 종종 있기는 했다. 가끔은 키워준 부모보다는 낳아준 부모를 더 그리워하는 부류가 있게 마련이니까. 그리고 그러한 이들 중 대부분은 이중첩자의 역할을 수행하고 있었다.

그런데 그러한 존재가 겨우 백부장에게 노출되었다는 것은 실로 특이한 경우인데 그것은 바로 케오쿠크 백부장과 마틴 소대장과의 관계에서 기인했다. 마틴 소대장. 그의 이름은 바이큰 족의 언어로 누무아슈커(뱀처럼 아랫배로 기는 아이)였다.

그리고 그러한 바이큰 부족의 이름을 지어준 이가 바로 케오쿠크 백부장의 아버지인 나바호쿠커(곰과 싸운 자)였기 때문이었다. 그의 아버지가 지금의 상황을 예견한 것인지 아닌지는 모르나 케오쿠크 백부장과 마틴 소대장의 인연은 그때부터 지금까지 이어지고 있었다.

그리고 그것을 이용해 케오쿠크 백부장은 빠르게 자리를 잡았고, 지금 이 자리에 있는 것이었다. 어렸을 적 인연이 계속되었다고는 하나, 마틴 소대장은 결코 케오쿠크 백부장을 쉬이 부르지 못했다. 그는 자신이 받들어야 할 자의 자식이니까 말이다.

'박쥐같은 자들.'

바이큰 족들은 마틴 소대장과 같은 자들을 정식으로는 배쉬로(쇠 물고기)라 불렀다. 쇠로 만든 물고기. 그들은 물속에서 숨어서 누구에도 발각되지도 않고, 먹이를 먹기 위해 낚시바늘에 걸리지도 않는다. 정보원으로서는 최고의 존재인 '배쉬로' 였다.

하지만 대부분 그들을 '배쉬로' 라 부르지 않는다. '박쥐' 라 부른다. 비록 바이큰 족을 위해 어둠 속에서 살아가지만 많은 바이큰 족에게 그들은 여전히 이방인이요, 이리 붙었다 저리 붙었다 하는 '박쥐' 와 다르지 않았다.

마토쿠와피 5백부장은 마틴 소대장이 정보원인 '배쉬로' 인지 모른다. 단지 카테인 왕국의 장교가 초원 부족과 어울리는 것이 마뜩잖아서 하는 말이었다.

"당신이 보기에는 어떤가?"

"경계해야 하오. 그는 최상급 포션을 가지고 있을 정도의 능력을 가진 자요. 물론 최상급 포션을 가졌다 해서 능력이 뛰어나다고 할 수는 없지만 조심해서 나쁠 것은 없다고 보오."

"맞는 말이긴 한데……."

마틴 소대장의 말에 그동안 조금씩 꺼림칙하게 느껴졌던 기분이 점점 실체를 드러내는 것 같았다. 그는 손가락으로 통신병을 불렀다. 웬만해서는 통신을 하지 않는 그들이고 보면 상당히 파격적인 행동이라 할 수 있었다.

그는 조금 다급했는지 통신 크리스탈을 가져오자 그는 통신 크리스탈에 직접 생명력을 불어넣어 통신을 시도했다. 하지만 통신은 되지 않았다. 불안감이 더해가기 시작했다.

그는 다시 통신 크리스탈을 들었다 그리고 차크라의 생명력을 불어넣었다. 자신과 가장 친하게 지내던 9백부장은 호출하는 것이었다.

"……."

무응답.

통신이 된다면 통신 크리스탈이 미약하지만 옅은 초록색으로 빛이 나게 되어 있었다. 그런데 빛조차 흘러나오지 않았다. 이런 경우는 단 하나밖에 없었다. 통신 크리스탈이 깨져

가루가 되었을 경우다.

그는 딱딱하게 굳은 얼굴로 마틴 3소대장을 바라보았다. 마틴 3소대장 역시 그를 바라보았다.

"어떻게 해야 할까?"

"대대장의 목을 취해야 하오."

최우선 순위가 바로 대대장의 목이었다. 대대장의 목이 있고 없고에 따라서 공을 세울 수 있느냐 없느냐가 달렸으니 말이다. 케오쿠크의 느낌상 9백인대는 이미 전멸했다.

또한 본부인 10백인대 역시 전멸했을 가능성이 높았다. 그 순간 그는 자신의 척추를 따고 흐르는 짜릿한 느낌에 전신을 부르르 떨었다. 전신을 타고 흐르는 불길한 느낌.

'이 느낌…….'

제5장

각개격파 II

Warrior

불길했다. 단 한 번도 경험한 적 없는 불길함이 전신을 타고 흘렀다. 그는 마틴 소대장을 바라보았다.

"만약 그들이 5백인대와 우리만 남겼다면?"

"…무슨?"

언뜻 이해를 하지 못하는 마틴 소대장이었다. 하지만 이내 얼굴을 딱딱하게 굳히는 마틴 소대장이었다.

"말도 안 되는……."

"다른 백인대와 통신해 보도록!"

마틴 소대장의 말에 대답조차 하지 않은 케오쿠크가 다급하게 통신 크리스탈을 가지고 있는 전사에게 일갈했다. 그에 전사는 화들짝 놀라며 허둥지둥 통신을 시작했다.

"여기는 경계하는 여우. 바람꽃 나와라 이상."

—…….

응답은 없었다. 아니 통신자체가 안 되었다. 불빛이 나지 않았으니 말이다.

"여기는 경계하는 여우. 큰 뿔 사슴 나와라 이상."

—…….

역시 응답은 없었다. 통신을 맡은 전사는 차근차근, 그리고 떨리는 목소리로 모든 백인대와 통신을 시도했다. 5백인대를 제외하고 모든 백인대와 말이다. 하나, 돌아오는 답은 없었다.

"5백부장을 불러! 어서!"

"며, 명!"

지급으로 한 명의 전령이 빠르게 뛰어갔다. 차크라를 사용하지 않았음에도 불구하고 엄청난 속도였다. 뛰어나가는 전령을 바라보며 안절부절 못하는 케오쿠크 6백부장.

"진정하시길. 별문제 없을 것입니다."

"정말 그렇게 생각하나?"

자신을 안심시키는 마틴 소대장을 바라보며 입을 여는 케오쿠크였다. 그러길 바랐다. 진정으로 아무런 일이 없었으면 좋을 것 같았다. 하지만 지금 돌아가는 정황은 결코 그렇지 않았다.

"그야……."

하지만 마틴 소대장도 지금의 상황이 결코 좋은 방향으로 흐르고 있지 않다는 것을 알고 있었다. 말로만 위로한다고 해서 안심이 될 그 정도의 상황이 아니라는 것을 말이다.

그때, 5백인대가 머물던 장소로 향했던 전령이 돌아오고 있었다. 생각보다 빨리 도착하자 케오쿠크와 마틴 소대장은 얼굴을 찌푸렸다. 그들은 아까 전 5백부장인 마토쿠와피가 한 말이 불현듯 생각났기 때문이었다.

"어, 없습니다."

"이런. 제길!"

불길한 짐작은 어찌나 그렇게 잘 들어맞는지.

"어디로, 어디로 갔는지 아는가?"

"추적해 봐야 할 것입니다."

"당장 추적대를 꾸린다. 추적대의 대장은 십부장인 슌카하(늑대)가 맡는다."

"명!"

즉각 추적대가 꾸려졌다. 슌카하는 비록 몰라다르 차크라를 깨닫지는 못했으나 추적에 능한 자로 능히 어둠 속에서도 훤한 낮처럼 적을 추적할 수 있는 자였다.

슐카하가 자신이 이끄는 열 명의 전사를 이끌고 빠르게 어둠 속으로 사라졌다. 그럼에도 좀체 안정이 안 되는지 케오쿠크는 이내 병력을 추슬러 추적대가 향한 곳으로 향하려 했다.

그때였다.

투후욱!

그의 발치에서 흙더미가 솟아오르며 터지는 밝은 섬광. 깜짝 놀란 케오쿠크는 사방을 훑어보았다. 그것은 마틴 소대장 역시 마찬가지였다.

마틴 소대장은 모르겠으나 케오쿠크 6백부장은 이미 스와디스타나 차크라를 연 사람이었다. 기사로 치면 익스퍼트 하급과 중급 사이에 걸친 자로 복부에 차크라를 담을 수 있는 실력자라는 것이다.

그러한 그에게 있어 어둠 속에서 피어나는 갑작스런 빛은 결코 큰 장애물이 되지 않았다. 그는 사방을 둘러보았지만 적으로 추정되는 자는 보이지 않았다. 그렇다는 것은 적은 마법 무구를 가졌거나 혹은 자신의 시야에서 벗어난 곳에서 자신을 지켜보고 있다는 것을 의미했다.

"그가 마법 무구를 가지고 있었던가?"

"…최상급 포션을 가진 자라면 아마도."

"우리의 출발을 허용하지 않는군."

케오쿠크의 말에 그의 곁에 있던 오십부장인 로쏘(고래)가 입을 열었다.

"무슨 말도 안 되는 나약한 말씀이십니까? 감히 어떤 놈이 케오쿠크 백부장님의 걸음을 막을 수 있단 말입니까?"

괄괄하게 내뱉는 자. 자신과 같은 하전사이나 그는 물라다르 차크라만 개방했다. 기사로 치면 이제 갓 하급의 수준에 들어선 자였다. 그는 지금까지 실패를 모를 정도로 용감했다.

로쏘는 크게 소리쳐 전사들을 다독였다. 그 순간이었다. 그가 나서는 그 순간.

퍼억!

오십부장 로쏘의 고개가 홱 젖혀지며 피가 앞뒤로 화살처럼 튀었다. 그리고 그 자리에서 허물어지듯 쓰러졌다. 갑자기 정적이 찾아왔다. 전사들은 사방을 경계했다.

그들은 경계하면서 은밀하게 움직였다.

퍼억!

또 한 명의 전사의 목이 재껴졌다. 그리고 쓰러졌다. 전사들의 시선이 쓰러진 전사에게로 향했다. 십부장 올라치(개미)였다. 적은 귀신처럼 부장급 이상만을 찾아내 죽이고 있었다.

"꿀꺽!"

서서히 두려움이 찾아들었다. 아무리 둘러보아도 적은 보이지 않았다. 칠흑 같은 어둠만이 존재할 뿐이었다. 그들이 움직이지 않자 더 이상 죽는 이는 없었다.

"소리는… 들었나?"

"그것이……."

듣지 못했다. 마틴 소대장은 케오쿠크를 바라보았다. 그 역시 고개를 저었다. 둘은 얼굴이 일그러졌다. 자신들은 전체가 노출되어 있는데 적은 보이지 않는다.

적의 수가 얼마나 되는지조차 알 수조차도 없었다. 케오쿠크가 신음하면서 입을 열었다.

"그런데 왜 날 살려준 거지?"

"그야……."

그는 답할 수 없었다. 케오쿠크 6백부장의 시선이 마틴 소대장에게로 향했다. 그의 눈은 의심을 담고 있었다.

"설마, 절?"

"의심하고 있지. 내가 살아남은 이유는 언제나 상대를 의심했기 때문이지. 어떤가? 내 의심에서 벗어날 수 있는가?"

"무엇 때문에 의심하십니까?"

"너무 공교롭지 않은가? 네가 찾아오고 5백부장이 찾아왔다. 그리고 그는 부대를 이끌고 떠났고, 나는 발이 묶였다. 이 어둠 속에서 나를 발견한 것은 나보다도 윗줄의 실력자라는 것. 너의 말대로라면 그는 분명 중대장인데 말이다."

"말했지 않습니까? 그의 말에 한 개의 백인대가 박살 났고,

최상급의 포션을 가지고 있다는 것을 말입니다. 최상급 포션을 가질 정도면 자신의 신형을 숨길 수 있을 정도의 마법 무구를 가지는 것은 어렵지 않습니다."

딴에는 마틴 소대장의 말이 맞았다. 하지만 케오쿠크는 고개를 갸웃했다.

"내가 알기로 최전방에 배치되는 위관 장교의 경우 귀족 가문의 서자나 장자를 대신하는 자들로 알고 있다. 버려진 존재라는 것이지. 너 또한 귀족 대리로 전방에 배치되지 않았던가? 한데, 그런 자가 최상급 포션에 마법무구를 가지고 있었다."

"그것은……."

하지만 마틴 소대장의 말은 더 이상 이어지지 않았다. 그의 목 앞에 시퍼렇게 날이 서 있는 한 자루의 쿠크리가 걸려 있었던 탓이었다.

"이, 이게 무슨……."

"사실대로 말하라. 네놈, 이중첩자인가?"

"그럴 리가?"

"하면, 이 상황을 어찌 설명할 것인가?"

"……."

억울했지만 마틴 소대장은 아무 말도 할 수 없었다. 자신도 모르는 일을 어찌 안단 말인가? 설명하고 싶어도 아는 게 없는 것이다. 그가 잠시 머뭇거리는 동안 케오쿠크의 쿠크리는 조금 더 마틴 소대장의 피부를 뚫고 들어왔다.

주르륵!

검붉은 핏물이 마틴 소대장의 목을 타고 흘러내렸다. 마틴 소대장은 자신도 모르게 마른침을 삼킬 수밖에 없었다. 그러다 포기한 듯 눈을 감아버렸다. 이 상황을 벗어날 어떠한 말도 생각나지 않았기 때문이었다.

저벅저벅!

그때, 그들의 귓가로 들려오는 발자국 소리가 있었다. 일정하게 반복되는 발자국 소리. 90여 전사의 시선이 발자국 소리가 나는 쪽으로 향했다.

'하프 오거?'

'트롤?'

그렇게 보였다. 도저히 인간의 몸이라고는 생각할 수도 없을 정도로 거대한 몸체가 움직이고 있었다. 하지만 그들은 느낄 수 있었다. 자신들이 보고 있는 적은 분명 인간이라는 것을 말이다.

오거나 트롤은 너무나도 잘 만들어진, 달빛을 받아 날카롭게 빛나는 무기를 들고 있지 않을 것이니까 말이다.

"누, 누구냐?"

정신을 차린 누군가가 입을 열어 경계의 소리를 냈다. 그에 전사들은 각자의 무기를 들어 전방을 경계했다. 실로 말도 안 되는 일이었다. 그들에게 보이는 이는 불과 한 명.

그런데 90여 명에 달하는 전사가 긴장해 모두 한마음으로 한 명의 적을 향해 무기를 들고 경계하는 것이다. 그것은 6백부장인 케오쿠크 차전사 역시 마찬가지였다.

"…1중대장!"

그때 신음처럼 케오쿠크의 귓가로 전해지는 음성. 바로 마틴 소대장이었다.

"뭐라고?"

"정찰 및 교두보 확보를 위해 보내진 1중대장입니다."

"……."

놀라 입을 다물지 못하는 케오쿠크였다. 아니, 놀람도 놀람이지만 이 어처구니없는 상황에 오히려 입을 다물지 못했다. 1개 백인대를 향해 태연하게 걸어들어 오고 있는 모습에 더욱 그랬다.

항복하기 위해서 오는 게 아니었다. 그렇게 보기에는 그 걸음이 너무나도 당당했기 때문이었다. 카이론은 말없이 걸음을 옮기기만 했다. 그가 걸음을 옮길 때마다 길이 열렸다.

그것은 누가 명령해서 그렇게 된 것이 아니었다. 자신들도 모르게 몸이 반응한 것이었다.

우뚝!

그리고 마침내 그 어떤 제지도 받지 않은 채 카이론은 케오쿠크의 앞에 설 수 있었다. 하지만 그는 케오쿠크를 바라보고 있지 않았다. 그의 시선이 향하는 곳은 마틴 소대장이었다.

"왜 그랬나?"

"……"

카이론의 질문. 그런 카이론을 바라보는 마틴 소대장. 여느 귀족이었다면 아니, 여느 장교였다면 불문곡직 목을 먼저 칠 것이 뻔한 상황. 하지만 분노하지도 무기를 들지도 않았다.

그저 물을 뿐이었다.

"나는 고아였소. 지독히도 추운 어느 날. 며칠 동안 굶어 아사하기 바로 직전 누군가가 나에게 먹을 것과 따뜻한 잠자리를 제공했소. 그 나약하고 어린 소년이 할 수 있는 것이라고는 먹을 것과 따뜻한 잠자리를 잃고 싶지 않은 마음뿐이었소."

"…비극이로군."

카이론은 마치 독백처럼 담담하게 말을 했다.

"귀관의 상황은 충분히 이해한다. 하지만 지금 현재 아국은 바이큰 족과 적대적인 관계. 귀관의 적대적인 행동을 그냥 지나칠 수 없음을 알 것이다."

"충분히 이해하오."

너무도 쉽게 말을 이어가는 카이론과 마틴 소대장이었다. 그들의 표정은 별반 달라지지 않았다. 마치 남의 일을 말하는 것 같았다. 그때 그들의 대화에 끼어드는 이가 있었다.

"박쥐가 배신한 건가?"

정보원이라는 순화된 말을 쓰던 케오쿠크가 박쥐라는 단어를 쓰며 마틴 소대장을 쏘아보았다.

"그는 배신하지 않았다."

하지만 그를 두둔하는 말은 마틴 소대장의 입이 아니라 카이론의 입에서 흘러나왔다. 그에 케오쿠크의 시선이 카이론에게로 향했다.

"어떻게?"

"말은 필요 없지 않은가?"

"…그렇군."

카이론의 말에 케오쿠크는 고개를 끄덕였다. 말은 필요 없었다. 적은 죽이면 그뿐이다. 굳이 알려하지 않아도 된다. 그는 마틴 소대장과 함께 뒤로 물러났다.

그에 90여 명의 전사가 앞으로 나섰다. 숨어 있는 적이면 몰라도 눈앞에 드러난 적은 무서워할 필요가 없었다. 또한 적의 1중대장이라는 놈은 미친 것인지 단지 혼자 앞으로 나섰다.

'미친놈!'

'죽으려면 뭔 짓을 못할까?'

아마 이것이 모두의 공통된 생각일 것이다. 조금 전까지 자신들이 어둠 속에서 걸어 나오는 그를 두려워했다는 것을 까맣게 잊은 채로 말이다.

"죽엿!"

"죽어랏!"

동시다발적으로 외침이 터져 나왔다. 그들이 움직임과 동시에 카이론의 신형 역시 움직였다. 2m30cm라는 거구임에도 불구하고 그의 움직임은 무척이나 자연스러웠다.

이미 그는 자신의 신체를 완벽하게 조율하고 있었다. 또한 자신의 몸속으로 흡수된 드래곤 하트가 서서히 녹아들기 시작했다.

드래곤 하트의 효능은 단순히 마나의 절대량만 늘어나는 것은 아니었다. 신체 능력 역시 드래곤 하트를 흡수하기 전에도 이미 인간을 뛰어 넘었었으나 지금은 그때와는 또 비교조차 할 수 없을 정도의 수준이 되었다.

신체적인 능력만이 그런 것이 아니었다. 정신적인 면에서도 카이론은 성장하고 있었다. 정신과 육체가 점점 하나로 되어가면서 완벽하게 조화를 이루고 있었다.

때문의 그의 동체시력과 움직임은 이미 인간의 움직임이 아니라 할 수 있었다. 찔러오는 전사들의 쿠크리의 끝이 느릿하게 보였다. 아주 단순한 움직임만으로 그 모든 전사들의 쿠크리를 피해낼 수 있었다.

그리고 쭈욱 뻗어지는 카이론의 언월도는 그의 의지를 담아 움직였다. 전사들이 입은 레더 메일과 그 속에 숨어 있던 피부. 그리고 근육과 뼈가 한꺼번에 잘려 나갔다.

그 속도가 진정으로 굉장하여 언월도가 지나갔음에도 핏물조차 흘러나오지 않았다. 카이론의 신형이 사라지고 전혀 다른 곳에서 그의 신형이 나타났을 때. 그제야 전사들의 육체는 반응해서 가슴이, 혹은 복부가, 또는 목이 쩌억 갈라지며 피분수가 뿜어져 나왔다.

비현실적이었다.

케오쿠크는 그렇게 생각했다. 어떻게 사람이 저렇게 움직일 수 있단 말인가? 베어지는 속도조차 따라가지 못할 움직임이라는 것이 과연 있을 수나 있단 말인가?

머리가 백지장처럼 새하얗게 변해 버렸다. 무언가 해야 할 것 같은데 생각나는 게 아무것도 없었다. 그것은 그의 곁에서 있던 마틴 소대장 역시 마찬가지였다.

'인간이… 아니다. 그는 신이다. 전! 신!'

그랬다.

지금 이 순간 카이론은 전신이었다. 그 누구도 범접할 수 없는 그런 신의 반열에 오른 진정한 전신이었다. 그의 움직임은 한 치의 망설임도 없었다. 그러하기에 그의 언월도는 지극히 깔끔했다.

전사들은 마치 불 속에 뛰어드는 부나방처럼 날아들었고, 불 속에서 타올라 사라지듯 붉은 피를 뿜으며 사라져 갔다. 순식간에 10여 명이 넘는 전사가 죽어갔다. 전사들은 동료들의 죽음보다 뿜어져 나오는 피에 취해 미친 듯이 카이론을 향해 쇄도했다.

보통의 쿠크리보다 조금 더 길고 날카롭게 벼려진 쿠크리가 카이론의 머리를 스치고 지나갔다. 그들은 결코 피와 죽음을 두려워하지 않았다. 그만큼 그들의 공세는 무서웠다.

하나, 그 무서움 속에서도 여유를 보이고 있는 카이론이었다. 그가 여유롭다 해서 결코 상대를 무시하는 것은 아니었다. 그는 지금 이 순간에도 최선을 다하고 있다.

전장에서 절대강자라는 것은 없다. 아무리 익스퍼트의 기사라 해도, 혹은 마스터에 이른 기사라 해도 검이 가죽을 비집어 창자를 끊고, 등 뒤까지 삐죽 튀어나오면 죽는 것은 마찬가지였다.

심장이 뚫리고 목이 잘리는데 살아남을 수 있는 사람은 없으니까 말이다. 그래서 최선을 다해야 한다. 그렇지 않으면 죽는다. 그것이 전장이다. 카이론의 눈동자는 차갑게 가라앉아 있었다.

전사들의 몸놀림을 관통하고 전사들의 눈동자를 들여다보고 전사들의 호흡을 느꼈다. 그들이 행하는 모든 검로를 파악하고 머리카락 하나까지 자신의 통제하에 놓아야만 했다.

검 끝이 목의 가죽을 훑고 지나갔고 검날이 복부와 등, 그리고 그의 전신을 휘감아 돌며 섬뜩한 소음을 내며 사라져 갔다. 그럼에도 카이론의 눈동자는 여전히 차갑게 빛났다.

그들의 목을 자르고 그들의 허벅지를 자르고 그들의 심장을 쪼갰다. 핏물이 쏟아지면서 살이 갈라지고 뼈가 잘리는 섬뜩한 느낌이 전신의 감각을 일깨웠다.

스가가각!

"크허어억!"

"죽여라!"

"적은 하나다."

"피에는 피!"

벌써 널브러진 전사들이 30여 명에 이르렀다. 하지만 전사들은 멈추지 않았다. 더욱더 강하게 카이론을 압박했다. 죽음을 도외시한 그들의 공격은 분명 무서울 정도로 치가 떨렸다.

하지만 그 누구도 카이론의 몸에 검을 댈 수 없었다. 카이론의 몸은 유령이었고, 그 유령을 자를 수 있을 만한 실력을 가진 자도 없었다. 그들은 카이론을 죽일 듯이 목청이 터져라 소리를 지르며 쇄도했지만 그들의 육체 깊숙한 곳에서는 전율이 시작되고 있었다.

부들부들 떨리는 손과 다리. 그리고 그들의 눈꺼풀이 파르르 떨렸다. 그랬다. 그들은 지금 발악을 하고 있는 것이다. 공포로부터 자신을 보호하기 위해, 혹은 벗어나기 위해 악을 쓰며 카이론에게 달려들고 있는 것이다.

'안 돼!'

'이럴 수는, 이럴 수는 없어!'

'어떻게…….'

그들의 육체는 알고 있었다. 그리고 그들의 육체는 점점 정신을 잠식해 들어갔다. 그렇게 그들은 정신을 잃어가고 있었다. 고함을 지르고 쿠크리를 휘두르고 있지만 그것은 공포를 잊기 위한 몸부림일 뿐이었다.

스각! 서걱!

카이론의 언월도는 쉬지 않았다. 그러다 어느 순간 카이론은 언월도를 들어 언월도의 손잡이 끝을 손바닥으로 툭 밀었다. 카이론의 언월도가 빙글빙글 돌면서 사방을 휩쓸고 날아갔다.

츄우웅!

그리고 그의 양손에서 솟아나는 열전도 나노 튜브 블레이드. 그의 블레이드는 이미 나오는 순간 백염이 일렁거리고 있었다. 그의 전투는 계속되었다.

튕기듯이 앞으로 나간 카이론이 지나간 자리에는 조각난 주검이 널브러져 있었다. 그 와중에 그의 언월도는 수많은 전사의 목숨을 취하고 부메랑처럼 돌아왔고, 카이론은 다시 언월도를 발로 툭 쳐서 밀어 보냈다.

그 모습을 케오쿠크와 마틴 소대장은 입을 벌린 채 바라보고 있었다. 마치 지금 이 순간이 전투 중이라는 것을 잊어버린 듯 말이다. 단 한 사람에 의해 90여 명의 전사가 이리 몰리고 저리 몰리고 있었다.

그 모습은 마치 양 떼 속에 뛰어든 사자와 같았다. 심지어 카이론이라는 자는 얼굴색조차 변하지 않았다. 숨소리는커녕 땀조차 흘리지 않고 있었다.

바스락!

그때, 케오쿠크의 귀에 들리는 소리. 단 한 명의 전투에 넋이 빠져 있는 상황임에도 불구하고 선명하게 들려오는 소리였다. 그는 자신도 모르게 그 소리가 나는 쪽으로 고개를 돌렸다.

툭! 투그르르!

그리고 무언가 땅에 떨어지고 자신의 발치 앞으로 굴러오는 느낌이 들었다. 그의 시선이 아래로 향했고, 그의 눈은 찢어질 듯 부릅떠졌다. 자신의 발치에 있는 것.

그것은 바로 마토쿠와피 5백부장의 머리였다. 부릅뜬 눈.

다물어지지 않은 입. 분명 적의 일격에 대응조차 제대로 못한 표정이 그대로 남아 있었다.

케오쿠크는 느릿하게 어둠을 직시했다. 그리자 서서히 드러나는 윤곽. 그의 시선이 사방으로 흩어졌고, 그의 얼굴은 참담하게 일그러졌다.

'그 짧은 시간에 5백인대가 전멸당하고, 본 백인대를 포위해?'

믿을 수 없었다. 어쩌면 이것은 이미 예정된 수순이었는지도 모를 일이었다. 단 한 명에 의해 자신의 백인대가 형편없이 유린당하기 시작할 때부터 말이다.

툭!

다시 케오쿠크의 귀에 들리는 소리. 마지막 남은 전사의 목이 느릿하게 떨어지는 모습이었다. 그의 머리가 하얗게 변해버렸다.

마른 침을 삼키는 케오쿠크의 목덜미 뒤로 서늘한 감촉이 느껴졌다. 그는 뒤를 돌아볼 수 없었다. 지금 이 순간 그의 목덜미에 느껴지는 서늘한 감촉은 무엇을 의미하는지 너무나도 잘 알기 때문이었다.

그의 후각으로 느껴지는 비릿한 피 내음. 그리고 그의 어깨를 짓누르는 힘. 케오쿠크는 힘없이 무릎을 꿇을 수밖에 없었다. 하지만 혼자만은 아니었다. 그의 곁에는 마틴 소대장이 있었다.

지금 이 순간 케오쿠크 6백부장보다 더욱 참담한 자는 바로 마틴 소대장이었다. 그는 지금 공황상태에 빠져 있었다. 그것을 대변하듯이 그의 얼굴은 창백해져 보기에도 안쓰러워 보였다.

카이론이 그들 앞으로 걸어갔다. 둘의 앞에 선 카이론은 잠시 그들을 바라보더니 입을 열었다.

"앞, 뒤?"

처음엔 카이론의 말을 몰라 눈을 껌뻑이는 둘이었다. 그러나 이내 그 뜻을 깨달을 수 있었다. 자신들은 전투 중에 사로잡힌 포로였다. 보통은 포로를 잡으면 심문하는 과정을 거친다.

물론 그것 역시 사로잡은 부대의 부대장의 재량이지만 대부분은 그렇다. 하지만 가끔은 그에 상관없이 즉결 처형을 하는 경우가 있었다. 바로 지금의 경우처럼 말이다. 카이론의 물음은 정면에서 검의 궤적을 보면서 죽을 건지 혹은 뒤에서 검의 궤적을 보지 않고 죽을 건지를 선택하라는 말이었다.

"나는 바이큰 족의 백부장이다."

사뭇 당당하게 입을 여는 케오쿠크였다. 카이론의 시선이 그에게로 향했다.

"그래서?"

"뭐?"

"우리는 너희들을 포로로 삼아 축낼 식량도 없으며, 너희들을 감시할 병력도 없다."

"그, 그런."

"안 보는 것이 좋겠지."

그때, 마틴 소대장이 자포자기한 심정으로 입을 열었다. 그에 케오쿠크 6백부장은 자신의 옆을 바라보았다. 그의 눈썹이 살짝 꿈틀거렸다. 무언가 말을 하려던 케오쿠크 6백부장이 입을 닫았다.

카이론은 마틴 소대장의 등 뒤로 돌아섰다.

"할 말은?"

"……."

침묵하는 마틴 소대장. 카이론은 그의 말을 들으면서 단검을 꺼내 들었다. 어둠 속에서도 그 빛을 잃지 않을 정도로 시퍼렇게 날이 선 단검 한 자루. 조개처럼 다물어졌던 마틴 소대장의 목소리가 들려왔다.

"안 할 수 없더이다. 낳기만 하고 아무렇게나 버린 부모보다는 길러 준 부모가 나에게는 더 가슴에 와 닿더이다. 언젠가는 한 번 낳아 준 부모를 찾아서 얼굴이라도 보고 분노를 풀고 싶었으나 찾을 수 없더이다."

그때 그의 이마에 카이론의 손이 닿았다. 그에 마틴 소대장의 눈꺼풀이 파르르 떨렸다. 그의 입술은 하얗게 타올랐고, 입안은 바짝 말라가고 있었다. 그는 일부러 여유를 보이며 마른 침을 삼켰다.

"향할 곳 없고, 갈 곳 없는 분노와 공허함이 하나로 모이더이다. 그래서……."

스걱!

그 순간 카이론은 시퍼렇게 날이 선 단검으로 마틴 소대장의 목을 그었다. 검붉은 핏물이 분수처럼 쏟아졌다. 카이론은 무심하게 쓰러지는 마틴 소대장의 몸을 바라보았다.

"그대의 방법은 또 다른 그대를 양산할 뿐이다."

그리고는 다시 걸음을 옮겨 케오쿠크 6백부장의 뒤로 갔다.

"할 말은?"

"없다."

"그런가?"

스걱!

독한 눈빛을 내뿜는 케오쿠크 6백부장의 말에 무심하게 답을 한 카이론은 한 치의 망설임도 없이 그의 단검을 그었다. 또다시 뜨겁고 검붉은 핏줄기가 화살처럼 쏟아졌다.

"정리하고 새로운 둥지로 전원 이동한다. 또한 척후조는 둥지에 있는 인원을 인솔해 새로운 둥지로 이동한다. 이상!"

"명!"

카이론이 휘적휘적 어둠 속으로 사라졌다. 이제 이곳은 적은 없었다. 남은 일은 수습하는 것뿐이었다. 그가 사라지는 모습을 보며 키튼 중사와 카르타고 소대장이 고개를 저었다.

"저 양반, 가끔 보면 찔러도 피 한 방울 안 나올 것 같지 않습니까?"

"안 그러면?"

"예?"

"중대장님 말대로 우리는 이곳에 교두보를 확보해야 하지. 적이 대체 얼마나 있을지 모를 상황에서 말이야. 그런데 한두 명이라 하더라도 저 둘을 위해 인원이나 식량을 뺄 수 있다고 생각하는가?"

"그야 그렇지만……."

카르타고 소대장의 말에 본전도 찾지 못한 키튼 중사가 우물거렸다. 사실 그랬다. 중대의 여력은 없었다. 교두보 확보란 어떤 한 지점을 완벽하게 장악하라는 말인데, 고작 한 개 중대로 가능한 일이 아니었다.

"중사도 이제 우리 중대의 핵심이야. 모든 부사관의 중심에 섰지. 농을 풀어 긴장된 분위기를 풀어주는 것은 좋지만, 너무 가볍게만 행동하지 않았으면 좋겠군."

그러면서 횡하니 가버리는 카르타고 소대장이었다. 그런

카르타고 소대장을 멍하게 바라보는 키튼 중사. 그의 얼굴은 무언가로 한 방 맞은 듯한 그런 표정이었다.

"거참! 성격하고는. 그냥 웃자고 한 말을 죽자고 덤벼드네."

"조장님. 준비되었습니다."

그때, 척후조의 선임 병사인 조나단 상급병이 와서 보고했다.

"그래? 출발한다."

냉정한 모습을 되찾은 키튼 중사는 자신의 뒤에 선 아홉 명의 척후조를 잠시 바라본 후 나직하고 단호하게 입을 열었다. 이전 카르타고 소대장을 대했던 가벼운 모습은 온데간데없었다.

엘간 산의 가장 높은 봉우리를 교두보로 삼은 카이론이 명했다.

"엔그로스 소대장은 진지로부터 1킬로미터까지 전진. 3선을 확보한 후 진지를 구축한다."

"명!"

"바이에른 소대장은 20명의 소대원을 동원해서 진지로부터 500미터까지 전진. 2선을 확보한다. 교통호를 건설하고 위장한 뒤 각각 사계 청소에 들어간다."

이 시대에 교통로나 사계 청소라는 개념은 없었다. 하지만 1중대원들은 어떠한 것도 묻지 않았다. 이미 지난 5개월 동안 산악 과정과 생존 과정을 통해 지겹도록 해왔기 때문이었다.

교통호란 21C 군대용어로서 전방을 관측하기 위해 파 놓은 참호와 참호를 연결하는 일종의 통로였고, 사계 청소는 한다면 사격 구역 정면의 시야를 훤히 트기 위해 식물이나 장애물을 제거하는 것이다.

1중대원들은 처음 그 개념을 몰라 생존 과정 때 카이론과 죽기 직전까지 고된 대련을 해야만 했다. 역시 머리로 이해시키는 것보다는 몸으로 직접 느끼게 하는 게 효과가 있었다.

"카르타고 소대장은 주둔지를 정비하고 목책과 함정 설치, 그리고 사계 청소를 실시한다."

"명!"

명령을 받은 1중대원들이 재빠르게 움직였다. 6사단 1대대의 살아남은 50여 명의 병력에서도 몇몇 인원이 차출되어 1중대원들과 섞여 작업에 돌입했다.

그리고 카이론은 야전 막사 안에서 카플루스 자작과 마주 앉아 있었다. 카이론은 전투의 결과를 지금 카플루스 자작에게 보고하고 있는 것이었다. 소속이 다르기는 하지만 여전히 카플루스 자작은 작위와 영지를 가진 귀족이었고, 대대장이었다.

당연히 지휘 계통으로 따지면 그가 이곳 교두보의 중심이 되어야 하겠으나 카플루스 자작은 남은 1대대의 병력까지 총괄하여 교두보를 확보하는데 총력을 기울이는 카이론에게 이렇다 할 반론을 제기하지 않았다.

그는 카이론을 이 교두보를 확보하는데 실질적인 책임자로 인정하는 것이었다. 그리고 그는 카이론의 명령과 그것을 말없이 행하는 1중대원들에게 상당히 놀라고 있었다.

보통 진지를 구축함에 있어 주변 나무를 벌목하고 목책을 설치하고 그 사이사이에 전망탑을 설치하는 것을 전부로 알고 있는 카플루스 자작.

하지만 카이론은 아니었다. 진지로부터 1km까지 관할 지역을 넓혔다. 진지로부터 1km까지 관할 지역을 넓혔다는 것은 중심으로부터 최소 2km를 완벽하게 장악한다는 것을 의미했다.

또한 그것만으로 끝나는 것이 아니었다. 각각의 지역을 분할해서 유사시 즉각적이 대응할 수 있도록 했고, 병사들은 군에서 보급된 하급 레더 메일에 풀이나 나뭇가지를 꽂아 자세히 보지 않는다면 결코 발견할 수 없게 위장하고 있었다.

또한 사계 청소라는 것과 교통호 등 이전에는 전혀 알지 못하는 새로운 방법으로 진지를 구축하는 모양에 그저 입을 닫을 수밖에 없었다.

'이래서… 1천의 바이큰 족이 몰살당한 것인가?

그제야 카플루스 자작은 알 수 있었다. 그 무섭다는 바이큰 족의 천인대 하나를 하룻밤에 몰살시킨 1중대의 저력을 말이다. 아무리 그들이 날고 긴다 할지라도 이렇게 철저하게 위장하고 은밀하게 움직인다면 결코 쉽지 않을 것이기 때문이다.

그리고 병사들의 조련 상태가 실로 대단했다. 웬만한 기사의 움직임만큼이나 은밀하고 신속했기 때문이었다. 거기에 부사관과 소대장들의 실력은 자신이 보기에도 대단하기 그지없었다.

자작이기는 하지만 자신 역시 엄연하게 검을 익힌 기사가 아니던가? 그러한 그가 그들의 실력을 못 알아볼 리는 없었다.

'대체 어떻게 된 중대가…….'

카플루스 자작. 그는 익스퍼트 하급의 실력자다.

현재 카테인 왕국의 근위기사단원이 대부분 중급에 머물러 있다는 것을 생각해 보면 익스퍼트 하급도 실력자라 불리기에 충분했다.

그런데 고작 최전방의 1개 중대에 자신과 같은 실력자가 네 명이나 있었다. 그중 셋은 자신과 비슷하겠지만 한 명은 자신을 앞지르고 있었다. 그리고 또 다른 한 명.

1중대의 중대장.

고작 열여덟이라고 했다. 신임 소위라 할 수 있었다. 최전방에 보내진 신임 소위라면 볼 것도 없이 귀족가의 버려진 패. 덩치는 크지만 얼굴에는 아직 어린 티마저 남아 있는 그 존재가 중대장이 되었고, 또한 너무나도 잘 어울렸다.

이해할 수 없는 부분은 바로 그것이었다. 열여덟에, 중대장에, 대위. 그럼에도 불구하고도 마치 십수 년은 전장에서 구른 것처럼 노련하기 그지없는 행동.

'어떻게 저럴 수 있지?'

아무리 천재라 할지라도 결코 세월의 힘과 경험은 뛰어넘을 수 없다. 하지만 지금 자신이 바라보는 카이론 에라쿠르네스 대위는 그 모든 것을 뛰어 넘고 있었다.

이해할 수 없지만 현실이었다. 거기에 결정적으로.

'나보다 위의 실력!'

명백했다. 자신은 스물다섯에 익스퍼트에 올랐다. 그 당시 자신은 귀족 사회의 주목을 받았다. 카테인 왕국 최연소로 익스퍼트에 오른 귀족이었기 때문이었다.

그런데 지금 자신이 바라보는 자는 열여덟에 이미 자신을 뛰어 넘고 있었다. 그리고 그의 수하들 역시 자신과 같거나 넘어서고 있는 상황. 그 속에서 카플루스 자작은 무언가 깨달을 수 있었다.

'어쩌면…….'

그것은 희망이었다.

'희망이라… 나쁘지 않다.'

나쁘지 않았다. 지금 자신의 상황을 반전시킬 수 있는 최고의 패가 될 수도 있었다. 나이도 어리고, 사회적인 경험도, 인생의 경험도 자신보다 훨씬 못한 자에게 희망을 가진다는 것이 조금 어리석고 우스운 일이지만 지금 이 순간 그가 가지는 감정은 바로 그 한마디로 대변할 수 있었다.

그리고 그는 자신의 앞에 놓여진 대충 나무로 만든 컵에 담긴 투명한 액체를 한 모금 마셨다. 첫맛은 약간 떫은맛이 났지만 입에 잠시 머금어 돌리니 달달한 맛이 느껴졌다.

그는 나무 컵을 내려놓으며 서서히 입을 열었다.

"나는… 현 6군단장이신 미하일로프 체스터 백작 각하의 데릴사위네."

"……."

카이론은 말없이 들었다. 그리고 카플루스 자작의 데릴사위라는 말에 어느 정도 정황을 꿰뚫어 볼 수 있었다. 이 시대 대영주의 반열에 오른 귀족들은 가끔 데릴사위를 들인다.

그 가장 큰 이유는 바로 후대가 없을 경우였다. 보통 양자를 들이기도 하지만 유별나게 혈통을 강조하는 대영주들은 피 한 방울 섞이지 않는 양자보다는 그래도 모계 쪽이지만 피를 섞는 쪽을 택했다.

보통 데릴사위라 하면 쇄락해 가는 귀족 가문의 후손으로, 대영주들은 상대 가문에 얼마간의 대가를 주고 정략결혼을 시킨 후 후계를 얻는다. 그리고 그 후의 절차는 역시 파혼이다.

파혼 이후는 그 가문을 종속시킬 것이냐 아니냐는 오직 그 데릴사위를 들인 가문의 가주의 몫이었다. 하지만 대부분의 가문들은 데릴사위의 가문은 종속시키는 대신 데릴사위의 목숨을 원했다. 데릴사위의 목숨을 원하는 이유는 단 하나다. 후계에 대한 어떠한 오점이나 저해 요소를 남기지 않겠다는 것.

그리고 체스터 백작 역시 마찬가지였다. 후계를 얻은 것으로 카플루스 자작의 효용 가치는 이미 끝난 것이라 할 수 있었다.

이야기를 들은 카이론은 고개를 미미하게 끄덕였다. 그는 자신의 앞에 놓인 차를 한 모금 마셨다.

"제거 대상이 되신 것입니까?"

"그러네."

"살아간다면?"

"가문이 위험하거나 혹은 다시 어떤 계략이 준비되어 있겠지."

"……."

죽어야만 하는 목숨이라는 것이었다. 그런데 이제는 죽을 수도 없었다. 그는 카이론에게 목숨 빚을 지고 있기 때문이었다. 카이론은 말없이 대충 만들어진 나무 컵을 들어 차를 마셨다.

"살려면 효용성을 인정받아야 겠군요."

"……."

카이론의 말에 카플루스 자작이 쓰게 웃으며 나무 컵을 들어 차를 마셨다. 원래는 달달하고 상큼하게 느껴져야 할 차가 지금은 지독히 쓰게 느껴지고 있었다.

"방법이 없는 것은 아닙니다."

"……?"

카이론의 말에 의문스러운 눈으로 그를 바라보는 카클루스 자작. 하지만 이내 한숨을 내쉬며 입을 열었다.

"있을 것이네. 공을 세우면 되겠지. 하지만 그 공이 작아서는 안 될 것이네. 그것도 어떠한 지원도 없이 지금 이 인원으로 모든 것을 이뤄내야 하네. 그래야만 체스터 6군단장의 눈에 내가 들겠지."

"이미 교두보를 확보했습니다."

"그뿐이네. 적에 대한 정보가 너무 부족하네. 내가 받은 정보는 이미 알려진 것. 믿을 수 있는 정보가 아니네."

"정보를 얻을 곳은 있습니다."

"무슨……."

정보를 얻을 곳. 이해할 수 없다는 표정의 카플루스 자작의 얼굴. 그때 카이론의 옆에서 공간이 일그러지기 시작했다. 그와 동시에 카플루스 자작의 눈동자가 커지고 입이 벌어졌다.

"그……."

"제 개인 호위입니다."

카플루스 자작이 향하는 곳에는 어느새 한 명의 전사가 서 있었다. 카테인 왕국의 주민과는 다르게 까무잡잡한 피부에 다부진 체구. 작지도 크지도 않은 적당한 키에 날카로운 눈매를 가진 자.

바로 아시커나크였다.

카플루스 자작의 시선이 카이론에게 향했다. 그의 눈동자는 '정말이냐!' 며 그에게 묻고 있었다. 카이론은 고개를 끄덕였다.

"어떻게……."

"바이큰 족도 사람 사는 곳입니다."

그 한마디로 카플루스 자작은 모든 것을 짐작할 수 있었다. 바이큰 족을 위해 활동하는 마틴 소대장과 같은 카테인 왕국의 왕국민이 있는가 하면은 카테인 왕국을 위해 활동하는 바이큰 족이 없으리란 법은 없었다.

또한 그들도 사람인 이상 그 체제에 불만을 가진 사람이 있을 것이고, 아픔을 가지진 사람 역시 있을 것이다. 하지만 솔직하게 충격은 충격이었다.

아직까지 바이큰 족의 전사를 개인 호위로 두고 있다는 이는 본적은 없었으니 말이다. 귀족에게 바이큰 족의 전사는 그저 힘 좀 쓰고 성질 더러운 노예 그 이상도 이하도 아니었으니까 말이다.

아시커나크가 입을 열었다.

그는 왕국어도 사용할 수 있었기에 의사소통에 문제는 없었다.

"현재 엘간 산을 포함 크레아틴 지역을 담당하고 있는 자는 메소아티스케(모래에서 알을 낳은 사람)의 아들 타슈카 위트코(성난 말). 그의 아래 라코타, 쇼크, 소린, 오타와 족의 전사 일만이 있소."

"으음. 타슈카 위트코 만인부장이라니."

타슈카 위트코 만인부장이라는 말에 카플루스 자작은 신음성을 내뱉었다. 6군단 내에서 위명이 쟁쟁한 타슈카 위트코. 서부 지역의 대족장인 쿤라이트는 모를지라도 타슈카 위트코의 이름은 안다.

6군단 내에서는 그를 일컬어 '머리 가죽' 이라고 일컬었다. 그는 전투에 패한 적들의 머리 가죽을 벗기는 것으로 유명했다. 그를 따르는 전사들 역시 그와 다르지 않아 그들을 잔인

한 야만인이라 불렀다.

하지만 그는 바이큰 족의, 그리고 그를 족장으로 뽑은 소린 족 전사들과 부족민들의 영웅이었다. 서른이라는 젊은 나이에 만인부장에 오를 정도로 말이다.

"힘들겠군."

그의 말에 덤덤하게 그를 바라보는 카이론이었다. 조금은 생소한 이름인 타슈카 위트코. 같은 군 사령부 내에 있다고는 하지만 6군단과 9군단은 엄연히 작전 지역이 다르다.

"힘들지 않은 전투는 없습니다."

"……."

카이론의 말에 그를 바라보는 카플루스 자작이었다. 이건 마치 자신이 가르침을 받고 있는 것 같았다. 자신이 이제 신임 소위고, 상대가 노련한 혹은 닳고 닳은 그런 장군인 것만 같았다.

"힘들다고 하지 않으면 영원히 패배자로 남을 뿐입니다. 그리고 저에게 목숨값을 갚으시려면 그런 생각을 버려야 할 겁니다."

그 말을 끝으로 카이론은 자리에서 일어나 야전 지휘 천막을 벗어났다. 그런 카이론의 등을 말없이 바라보는 카플루스 자작이었다. 컵을 잡고 있는 그의 손이 가늘게 떨렸다.

콰직!

그리고 기어코 나무 컵이 박살 나며 차갑게 식은 찻물이 그의 손으로 쏟아졌다. 카플루스 자작은 말없이 자신의 손을 바라보고 있었다. 그의 손은 멀쩡했다.

겨우 이 정도로 생채기가 날 정도로 나약한 자신의 손은 아니었다. 수십 년간 검으로 단련되어 수없이 많은 상처와 두터운 굳은살이 잡혀 있는 자신의 손은 거칠었다.

그는 자신의 손을 말아 쥐었다.

"건… 방진!"

건방졌다. 하지만 건방진 저 신참 대위보다 더 화가 나는 이유는 자신에게 있었다. 과거 천재라 불렸던 자신이었다. 세상에 자신이 해서 못할 일은 없다는 광망한 자존심이 있었다.

그런데 세월이 흐르고 더 이상 자신의 검이 발전하지 않자 조급해지기 시작했다. 귀족들의 시선은 점점 차가워지기 시작했고, 다시 일어설 것 같던 가문은 서서히 기울어 가기 시작했다.

아마도 그때쯤이었을 것이다. 자신의 장인. 즉, 체스터 6군단장의 시선이 차갑게 변하기 시작한 것은 말이다. 그리고 마침내 그는 자신을 이곳에 보내졌다.

죽었어야만 했지만 그는 살아남았다. 아마도 자신을 반겨줄 이는 아무도 없을 것이다. 자신은 아들의 얼굴조차도 제대로 본 적이 없으니 말이다.

"후우~"

답답한 한숨이 카플루스 자작의 입에서 토해져 나왔다. 꽉 움켜쥐었던 그의 주먹이 풀렸다. 하얗게 탈색되었던 그의 손바닥이 다시 본래의 색으로 돌아왔다. 갑자기 가슴이 답답해진 카플루스 자작은 자리에서 일어나 막사를 나섰다.

막사를 나서자 그의 시선에 잡힌 것은 여전히 자신이 맡은 임무를 충실하게 해내고 있는 병사들이 보였다. 그중에는 살아남은 1대대의 병력도 있었다. 그들의 얼굴에는 굵은 땀방울이 맺혀 있었다.

그들은 1중대원과 섞여 훈련을 받았고 작업도 같이 했으며 같이 자고 같이 먹었다. 불과 며칠 지나지도 않았는데 그들은 이미 1중대원들이 된 것처럼 보였다.

그런 그에게 작업을 하지 않고 이상한 물건을 손아귀에 쥐고 만지작거리는 한 명의 병사가 눈에 들어왔다. 보통의 체구였으나 어쩐지 달라 보이는 모습. 아니나 다를까 레더 메일의 좌측 소매가 허전했다.

카플루스 자작은 자신도 모르게 그 병사의 곁으로 다가가 앉았다.

"엇? 아!"

엉거주춤 일어나 경례를 하려는 병사.

"괜찮아. 앉아."

담담한 카플루스 자작의 말에 어떻게 해야 할지 모르겠다는 듯한 모습을 보이는 병사였다.

"명령이다. 그냥 앉아!"

"…알겠습니다."

병사는 조심스럽게 카플루스 자작의 곁에 앉았다. 어색한 침묵이 감돌았다.

"이름이 뭔가?"

"상급병 레오날드입니다."

그에 카플루스 자작은 슬쩍 레오날드 상급병의 헐렁이는 팔을 바라보았다. 그리고 그의 오른손에 쥐어진 이상한 물건을 바라보았다. 카플루스 자작의 시선이 자신의 오른손에 머무는 것을 본 상급병 레오날드는 슬쩍 오른손을 감췄다.

"뭔가?"

"아! 그……."

둘의 시선이 부딪혔다. 평소 같았으면 쳐다보지도 못할 그런 사람이 바로 귀족이었다. 그런데 지금 이 순간 둘은 서로의 눈을 맞추고 있었다. 카플루스 자작의 고개가 미약하게 끄덕여졌고, 레오날드 상급병은 크게 숨을 들이쉬고 내뱉은 후 입을 열었다.

"이거… 악력기라고 했습니다."

"악력기?"

"손의 감각을 살려주고 손아귀의 힘과 팔의 미세한 근육을 발달시킨다 하셨지 말입니다."

"……."

카플루스 자작은 언뜻 이해할 수 없었다. 저게 대체 무슨 소용이 있단 말인가? 전투 중에 어깨 아래쪽이 사라진 자에게 말이다. 자신이 알기로 이 레오날드 상급병이라는 병사는 자신과 같이 죽음의 문턱까지 갔던 자였다.

팔을 잘린 후 제때 치료를 받지 못해 살이 썩어가고 제대로 된 음식을 섭취하지 못해 스스로 죽어가던 자였다. 이름은 몰랐지만 분명하게 기억할 수 있었다.

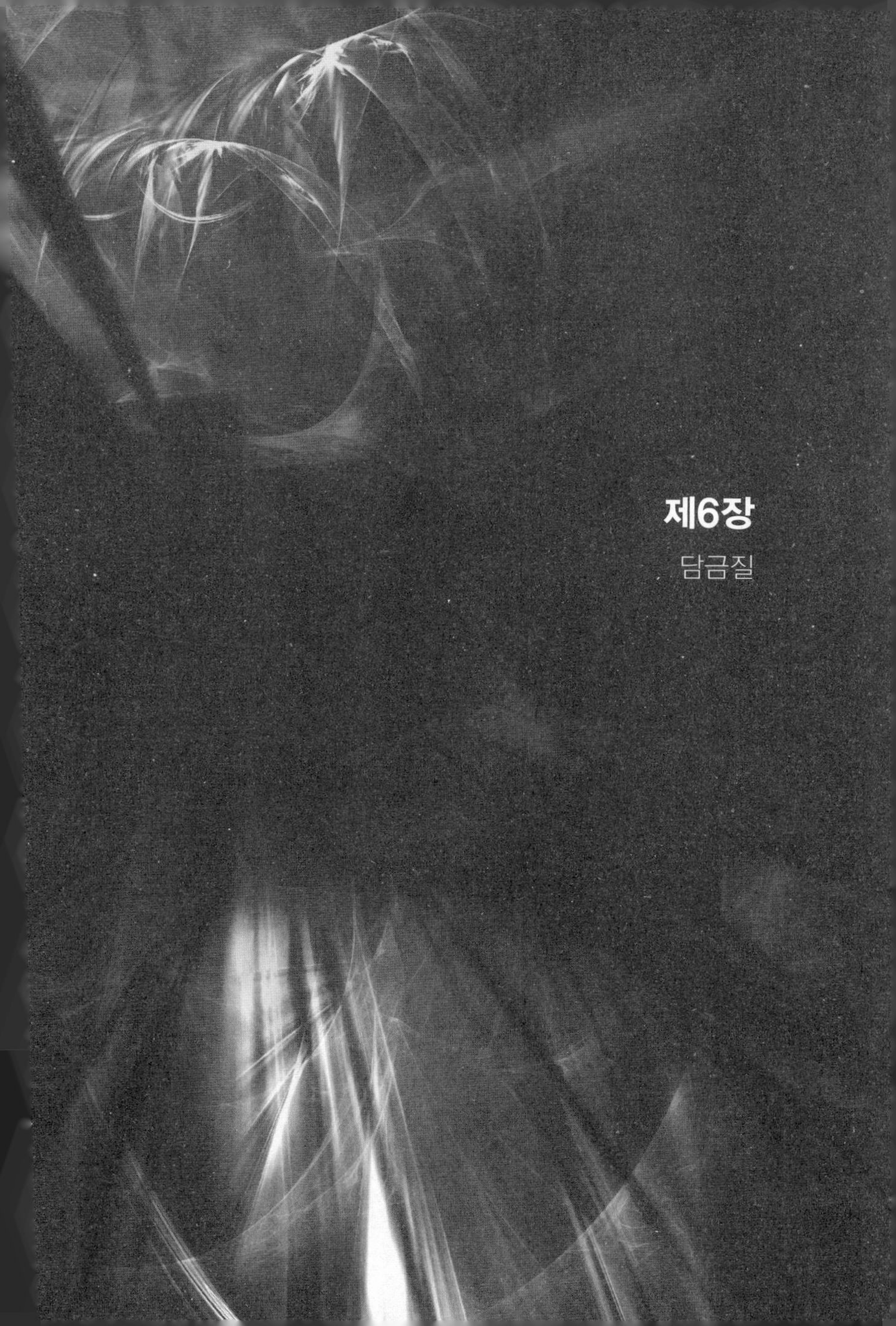

제6장

담금질

이 병사의 눈을 본 적이 있으니까. 자신과 똑같은 눈동자를 말이다. 카플루스 자작의 시선이 레오날드 상급병의 팔을 바라보았다.

살이 붙어 있었다. 아니, 살이 아니라 근육이었다. 전에 보았을 때는 좌절과 절망에 의해 스스로 목숨을 버린 듯한 눈동자를 가진 레이날드 상급병이었다. 하지만 지금은 달랐다.

한쪽 팔이 잘렸음에도 다른 팔로 그 팔을 대신하겠다고 말하고 있었다. 그것이 결코 쉬운 길이 아님에도 불구하고 말이다. 카플루스 자작은 악력기를 쥔 그의 손아귀를 바라보았다.

벌겋게 부어올라 있었다. 하지만 그는 결코 쉬지 않았다. 그러한 카플루스 자작의 눈을 느꼈을까? 레오날드 상급병은 마치 아무 일도 아니라는 듯이 입을 열었다.

"중대장님께서는 그러셨지 말입니다. 팔 한쪽이 없는 것은 조금 불편할 뿐이라고 말입니다. 그리고 이것을 만들어 주셨지 말입니다."

"……."

그 말에 카플루스 자작의 눈이 잘게 떨렸다. 단지 불편할 뿐이라는 말. 자신은 사지가 멀쩡했다. 최상급 포션으로 모든 것을 원래대로 만들어 놨으니까 말이다.

레오날드 상급병의 말은 계속 이어졌다.

"중대장님께서는 사람에게 있어 죽음이란……."

조금 말을 끄는 레오날드 상급병. 그러다 악력기를 쥔 손을 들어 손가락으로 자신의 가슴을 가볍게 툭툭 치며 말했다.

"이곳이 죽은 자가 진정으로 죽은 자라고 했지 말입니다."

"……."

번개가 머리를 관통하고 심장을 불을 지지는 것 같은 느낌이 들었다. 그리고 깨달을 수 있었다. 레오날드 상급병은 분명 한쪽 팔이 없지만 살아 있었고, 자신은 사지가 멀쩡하지만 죽은 것이나 다름없었기 때문이었다.

아무런 희망도 아무런 생각도, 아무런 의욕도 없는 자신.

단지 가진 것이라고는 개도 물어가지 않을 쓸모없는 자존심 하나. 그에 비하면 레오날드 상급병은 어떠한가?

'마음이 죽은 자가 진정한 죽은 자로군. 그랬군… 그랬어.'

그랬다. 사지 멀쩡한 자신은 죽은 자였다. 그리고 한 팔을 잃은 병사는 살아 있었다. 병사는 귀족도 기사도 장교도 부사관도 아니었다. 하지만 그는 다시 일어서고 있었다. 죽음에 이르는 치명상을 입고서도 다시 일어서고 있었다. 카플루스 자작은 불현듯 자리에 일어섰다.

"고맙군."

"예?"

놀라 일어서지도 못하고 되묻는 레오날드 상급병이었다.

그러한 그를 보며 카플루스 자작은 그의 어깨를 툭툭 치며 막사로 걸어 들어갔다. 그리고 그동안 풀어 놓았던 자신의 무기인 펄션(외날 도)을 아다가와 함께 등에 매었다.

아다가는 검과 창이 있는 특수하고도 다루기 어려운 방패의 일종이다. 원래는 영양의 가죽을 표면에 입힌 방패와 손잡이를 창을 잡는 부분에 달아 양쪽으로 고정했으며, 방패의 전면에는 검을 달았다.

이는 공격과 방어 모두에 사용할 수 있는데 자작이 든 아다가는 영양의 가죽이 아닌 오거의 가죽이었다.

이는 평소 카플루스 자작의 성정을 그대로 반영하는 것으로 방어보다는 공격을 선호하며, 적극적인 성격을 지니고 있다는 것을 의미한다. 또한 그만큼 그의 신체적인 능력이 상당히 뛰어남을 알 수 있는 단면이었다.

무기와 방패를 챙긴 카플루스 자작이 병사들의 진지 공사 현장을 둘러보고 있는 카이론에게로 다가갔다. 카이론은 인기척을 느끼고 슬쩍 눈을 돌려 인기척이 나는 곳으로 시선을 두었다.

그리고 그는 볼 수 있었다. 완전 무장을 한 카플루스 자작을 말이다. 카이론은 미세하게 고개를 끄덕였다. 그 무장에서 그의 결심을 읽을 수 있었기 때문이었다.

"나를 살려주겠나?"

"이미 목숨을 드린 것으로 알고 있습니다."

카이론의 말에 카플루스 자작은 자신의 가슴을 가볍게 툭 쳤다.

"여기를 살려주라는 말이네."

"……."

카이론은 답이 없었다. 그저 그를 향하던 시선을 훈련에 훈련을 거듭하고 있는 병사들이 있는 곳으로 돌렸을 뿐이었다.

"나의 모든 것을 주겠네. 이곳이 살아날 수 있다면."

그제야 다시 시선을 돌려 카플루스 자작을 바라보는 카이론이었다.

"직위와 작위를 모두 버리신다면……."

"……."

카이론은 그에게 모든 것을 버리라 했다. 잠시 말을 잃은 카플루스 자작이었다. 모든 것을 버리라는 말. 실로 어려운 말이었다.

하지만.

'다시 살아날 수 있다면!'

죽어버린 심장이 다시 살아날 수 있다면, 놓쳐 버린 희망을 다시 붙잡을 수 있다면 이보다 더한 일도 하려 했다. 하지만 문제는 언제나 있었다. 직위도 문제였고 작위도 문제였다. 도저히 버릴 수가 없었다.

그는 아무것도 없다고 하지만 가진 것이 너무 많은 귀족이었기 때문이었다. 그런데 이제는 그 모든 것을 버릴 수 있을 것 같았다.

카이론은 카플루스 자작의 얼굴에서 그러한 의지를 읽을 수 있었다. 그리고 손가락으로 엔그로스 소대장을 불렀다.

"부르셨습니까?"

"이후 교육 훈련은 소대장이 전적으로 책임진다."

"명!"

카이론의 말에 군례를 취한 엔그로스 소위. 그의 신형이 돌려세워지며 훈련에 열심인 곳으로 향했다. 그를 잠시 일별한 카이론이 카플루스 자작을 바라보았다.

"한 달입니다."

"알겠네."

카플루스 자작의 대답에 카이론의 고개가 삐딱하게 기울었다.

"나는 교관이고, 너는 훈련생이다."

"……."

카이론의 말에 순간 카플루스 자작의 시선이 카이론을 바라보았다. 둘의 시선이 부딪혔다. 교관과 훈련생. 그 한마디로 모든 것을 버리라는 카이론의 말이 무엇을 뜻하는지 알게 되었다.

꾸욱!

그에 카플루스 자작은 주먹을 움켜쥐고 어금니를 깨물었다. 스스로를 깨지 않으면 절대 살아날 수 없다는 것을 알고 있음에도 불구하고 쉽게 받아들일 수 없었기 때문이었다.

"…알겠습니다."

"따라오도록!"

카이론이 앞장 서 걸었다. 그리고 잠시 머뭇거리던 카플루스 자작은 이내 그를 따라 나섰다. 임시로 마련한 연병장을 벗어나 후미진 곳에 다다른 카이론이었다.

'이런 곳이 있었던가?'

좁디좁은 교두보였다. 그런데 그곳을 얼마 벗어나지도 않았는데 새로운 장소가 나타나고 있었다. 그리고 그곳에는 자신만 있는 것이 아니었다. 병사들이 보였다.

익히 아는 얼굴들.

바로 1대대의 병력이었다.

"저들이 왜?"

그는 1대대의 살아남은 병력들 역시 진지 공사와 교육 훈련을 받는 줄 알았다. 하지만 아니었다. 부상자를 제외하고 사지 멀쩡하고 스스로 움직일 수 있는 이들은 모두 이곳에 있었다.

그리고 그의 귀에 들려오는 목소리가 있었다.

"무기를 들고 싶나? 그러면 자격을 갖춰라!"

그 목소리의 주인공은 키튼 중사였다. 평소에는 실없는 농담을 잘하고, 설렁거리며 전혀 무게감 없는 그런 모습이었지만 지금 이 순간에는 아니었다. 그는 악마보다 더한 악마였다.

"적과 싸워 패할 수는 있다. 하나, 패배자는 필요 없다. 패배자가 아님을 증명해라!"

카플루스 자작은 그저 보고 있을 뿐이다. 카이론 역시 그 모습을 바라보고 있었다.

"선착순 두 명! 뛰어!"

그 말과 함께 험난한 산속을 뛰기 시작하는 병사들. 그들의 얼굴은 말도 아니었다. 땀과 흙, 그리고 풀잎이 가득 묻어 있었다. 하지만 그들은 개의치 않았다.

불과 며칠 되지 않았지만 그들의 눈동자는 독기가 어려 있었다. 그들의 눈은 자신의 심정을 그대로 드러내고 있었다.

'끝나고 보자.'

섬뜩할 정도의 살기 어린 그들의 눈동자였지만 그 정도의 살기에 눈 하나 깜짝할 키튼 중사가 아니었다. 이윽고 키튼 중사가 자신이 지적한 곳을 돌아 돌아오며 거친 숨을 헐떡이는 30여 명의 병사 중 가장 앞에 있는 두 명을 가리켰다.

"두 명 열외! 나머지는 엎드려!"

두 명이 빠지고 나머지 병력은 그대로 엎드렸다. 아주 익숙하게 말이다. 키튼 중사는 그들이 엎드리는 동안 열외된 두 명에게 말했다.

"박어!"

말은 필요 없었다. 둘은 능숙하게 머리를 땅에 박고 뒷짐을 지었다.

"군가한다. 군가는 멸공의 횃불!"

"아름다운 이 강산을 지키는 우리, 사나이 기백으로 오늘을 산다…….”

두 명의 열외 인원이 악을 쓰며 군가를 하는 동안 키튼 중사의 입은 쉬지 않고 명령을 쏟아내고 있다.

“인간 석교!”

그에 그 자리에서 간격 없이 엎드렸던 병사들은 지체 없이 자신의 뒤에서 엎드려 있는 병사들의 등에 자신의 다리를 올렸다. 인간 교각이 완성되는 순간이었다.

“전진!”

그에 앞으로 전진하는 병사들. 느릿했다. 한 열에 적어도 다섯 명. 그 다섯 명이 오직 두 팔만 사용해서 앞으로 움직여야 하는데 어디 쉽겠는가? 그것도 지칠 대로 지친 상황에서 말이다. 하지만 키튼 중사는 눈살을 찌푸렸다.

“고작 이건가? 6사단 2연대 1대대의 병사는 겨우 이 정도인가?”

“아닙니다!”

키튼 중사의 염장을 지르는 소리에 병사들은 또다시 악을 썼다. 별로 화를 낼 일도 아닌데 병사들은 목이 터져라 대답하고 있었다.

“증명해라! 귀관들의 앞 30미터 지점의 바위 보이는가?”

“보입니다.”

“선착순 1개조!”

"선착순 1개조!"

"출발!"

키튼 중사의 입에서 출발이라는 말이 떨어지자마자 병사들은 앞으로 달려 나갔다. 말이 달려 나가는 것이지 거북이보다 느렸다. 힘이 빠졌다. 팔이 접질리고 인간 교각은 무너져 내렸다.

"크윽!"

신음 소리가 흘러나왔다. 하지만 그들은 이빨을 깨물었다. 무너지기 싫었다. 그들은 다시 인간 교각을 만들었다. 대신 한 명씩 뒤로 밀렸다. 두 번째 있던 이가 가장 앞으로 나왔고, 가장 앞에 있던 이가 가장 후미로 갔다.

그들의 손바닥은 이미 까지고 멍들어 피멍이 들었고, 흙과 피가 엉겨 붙어 있었다. 그럼에도 그들은 포기하지 않았다. 아니 오히려 더욱더 독기를 발산하고 있었다.

그때 그들의 귀에 들려오는 악마의 외침.

"우측 3미터 마법탄!"

"우와아악!"

인간 교각을 형성해 앞으로 전진하던 병사들은 갑자기 벌떡 일어나 좌측으로 개구리가 뛰듯 펄쩍 뛰어 납작 엎드렸다.

"낮은 포복 앞으로!"

또다시 들리는 키튼 중사의 목소리.

낮은 포복이란 몸은 낮고 평평하게, 뺨도 지면에 밀착한 상태로 기어가는 것을 말한다. 무기는 오른손으로 잡고 이동은 양손과 양발을 사용하는데, 전진할 때는 팔과 다리를 앞으로 내밀었다 다시 당기며 몸을 앞쪽으로 밀어서 전진했다.

가장 기본이지만 가장 어려운 자세가 바로 낮은 포복이었다. 특히나 이런 산중에서는 말이다. 뾰족한 자갈이 배와 가슴 그리고 허벅지를 쓸었고, 너덜너덜한 훈련복 사이로는 흙과 자갈이 끊임없이 들어와 마찰을 일으키고 있었다.

"좌로 굴러!"

병사들은 그대로 좌로 굴렀다. 하지만 체력이 다한 만큼 서로 엉키고 제대로 명령을 듣지 못해 낮은 포복 자세 그대로 이동하고 있는 이들도 있었다.

"패배자는 필요 없다. 너희들은 패배자인가?"

키튼 중사는 여전히 병사들에게 독설을 내뱉었다. 그 모습을 바라보고 있는 카플루스 자작. 그의 안색은 별로 좋지 못했다. 자신을 여기로 데려온 이유를 알 것 같은 그런 표정이었다.

"키튼 중사!"

카이론의 부름에 바로 반응하는 키튼 중사였다.

"전체 동작 그만! 5분간 휴식!"

"허어억!"

그에 병사들은 일어날 생각도 못한 채 그대로 몸을 뒤집어 하늘을 보고 누웠다. 세상에서 가장 편한 자세로 말이다. 그러는 동안에도 군가는 계속되었다.

열외가 되었다고 해서 편히 쉬는 일은 없었다. 오히려 훈련을 받는 것보다 더 힘들다고 할 수 있었다. 그들은 쉬는 시간이 없으니 말이다.

카이론의 앞에 부동자세로 선 키튼 중사.

키튼 중사는 카플루스 자작을 알고 있음에도 그에게 눈길조차 주지 않았다. 그저 카이론의 명을 받을 뿐이었다.

"신입이다."

카이론의 말에 슬쩍 카플루스 자작을 바라보는 키튼 중사.

"이곳에 온 이상, 신입 그 이상도 이하도 아니다."

카이론의 말에 그제야 슬쩍 입꼬리를 말아 올리는 키튼 중사였다. 그리고 절도 있게 뒤로 돌았다.

"휴식 끝! 전체 집합!"

마치 시체처럼 널브러져 있던 병사들이 키튼 중사의 말 한마디에 눈부시게 빠른 속도로 일어나 일사분란하게 오와 열을 맞췄다. 그 모습에 카플루스 자작은 내심 놀라고 있었다.

아니 사실 이곳에 들어오는 순간부터 놀라고 있었다. 첫째는 독기로 똘똘 뭉친 병사들의 눈이었고 둘째는 불과 일주일? 그 정도의 짧은 시간 만에 병사들을 이렇게 일사분란하게 만들 수 있는 것에 대해서였다.

이들은 엄밀히 말하면 패잔병이었다. 그리고 적에게 한 달 이상 추적을 당했고 말이다. 이들이 아무리 강군이라고 하나, 패배했고 사냥당했다는 것에 대한 짙은 패배 의식은 결코 쉽게 지워지지 않을 기억임은 분명했다.

그런데 그러한 정신적인 패배 의식을 이들은 강도 높은 훈련으로 지워내고 있었다. 훈련 외에는 아무 생각도 할 수 없었을 것이다. 훈련이 끝이 나도 마찬가지였다.

육체적인 고통이 정신을 마비시켰고, 패배했다는 생각보다는 자신들을 훈련시키는 이에 대한 악의적인 감정을 키워내면서 그 속에서 그들은 동료에 대한 짙은 신뢰를 다지고 있었다.

"신입이다."

키튼 중사의 말에 독기 어린 병사들의 눈이 흔들렸다. 그들은 모두 안다. 신입이라고 한 사람이 어떤 사람인지. 자작이고 자신들보다 훨씬 나이가 많으며 대대장이었던 사람이니까 말이다.

"너희들은 지금 이 순간부터 전우다. 그 이상도, 이하도 아니다. 위치로!"

키튼 중사는 할 말을 다 했다는 듯이 카플루스 자작에게 눈을 돌려 위치로 가라 명을 내렸다. 하지만 그 명령을 쉽게 받아들이기에는 아직 내려놓지 못한 것이 많았다.

인상을 구기는 키튼 중사. 쉽지 않을 것이다. 그때 카이론이 앞으로 한 걸음 나섰다.

"분명히 말한다. 지금 이 순간부터 전우만 있을 뿐이다. 아니라면 이곳에 있을 필요가 없다."

카이론의 나직한 경고. 카플루스 자작은 움직였다. 아마도 카플루스 자작의 마지막 자존심일 것이다. 카이론과 키튼 중사 역시 그것을 짐작했다.

키튼 중사는 자연스럽게 뒤로 물러나 조교의 역할을 대신했고, 카이론 앞으로 나서 교관의 역할을 맡았다. 그에 카플루스 자작은 말없이 열의 끝에 섰다.

그가 열에 합류하자마자 카이론은 기다렸다는 듯이 입을 열었다.

"뒤로 누워!"

서로 겹치면서 뒤로 눕는 병사들. 그 속에는 카플루스 자작도 있었다.

"좌로 굴러!"

그때부터 시작이었다.

'우로 굴러!' '앞으로 누워!' '멍석말이!' '머리박고 전진!' '인간 석교!' '선착순!' '낮은 포복!' '3미터 옆 마법탄!' '오리걸음' '매미' …….

끊임없이 이어지는 21C 군대 얼차려의 진수. 물론 황금박쥐 같은 얼차려는 없지만 그 변형된 몇 가지 얼차려만으로도 반나절이 족히 지나갈 정도였다.

카플루스 자작은 처음에는 어색했다. 하지만 이내 적응할 수 있었다. 적응하지 않을 수 없었다. 그것은 바로 카이론의 예외 없는 친절함 때문이었다. 그는 철저하게 카플루스 자작을 한 명의 병사로 다뤘다.

"귀족으로서……."

턱!

바로 그의 멱살을 잡아 올린 카이론은 그대로 들어서 던져 버렸다.

"쿠후윽!"

답답한 신음성이 튀어나왔다. 드러누워 있던 그의 앞에 카이론의 그림자가 드리워졌다.

"분명히 말했다. 패배자는 필요 없다고."

그리고 느껴지는 서늘한 촉감. 카플루스 자작은 움찔거렸다. 자신의 목에 대어진 것은 날이 바짝 선 언월도였다. 그는 마른침을 삼킬 수밖에 없었다. 언월도의 칼끝이 목을 파고들었다.

"시정하겠습니다."

카플루스 자작의 입에서 흘러나온 말.

"한 번은 경고다. 두 번은 없다."

카이론의 말은 냉혹했다. 그에 카플루스 자작은 어금니를 지그시 깨물었다. 따지고 보면 카이론의 행동이 틀린 것은 아니었다. 그는 스스로 모든 것을 버렸다.

하지만 생각해 보니 자신은 아직도 많은 것을 가지고 있었다. 버린다고 했으나 버리지 못했던 것. 그것은 자존심이었다. 귀족으로서의 자존심. 대대장으로서의 자존심. 지금은 그 자존심마저 버려야 했다.

"집합!"

어느새 카이론이 명을 내렸다.

병사들이 모여들었다.

"양팔 간격!"

그러자 양팔을 벌려 자리를 잡는 병사들.

"팔굽혀펴기 준비!"

명을 내린 카이론 역시 팔굽혀펴기 준비를 했다. 그와 함께 키튼 중사도 마찬가지였다.

"하나!"

카이론은 팔굽혀펴기를 했다. 그를 따라 병사들도 팔굽혀펴기를 했다.

둘, 셋, 여섯, 열둘, 일백, 이백…….

팔굽혀펴기는 끊임없이 반복되고 있었다. 병사들의 얼굴

이 일그러지기 시작했다. 땀이 흘러내리고 팔이 부들부들 떨리기 시작했다. 카이론은 그들을 신경 쓰지 않았다.

일정하게 반복할 뿐이었다. 병사들은 이를 악물었다. 지고 싶지 않았다. 더군다나 그의 옆에 있는 보기 싫은 키튼 중사라는 자 역시 얼굴에 표정 하나 짓지 않고 꾸준히 반복하고 있었다.

자신들에게 신경 쓰지 않는 것이 오히려 더 화가 났다.

'따라올 수 있으면 따라와 봐라. 너희들 수준이 그 정도니 패한 것이다.'

마치 그렇게 말하는 것 같았다. 그래서 이를 악물었다. 팔이 끊어질 것 같아도 정상적인 팔굽혀펴기가 아니어도 상관없었다. 배를 깔고 누워도 상관없었다.

그들은 몸을 일으켜 세웠고, 이가 뿌드득 갈려도 결코 포기하지 않았다. 그것은 카플루스 자작 역시 마차가지였다. 그의 얼굴은 눈물인지 콧물인지 혹은 땀인지 모를 것이 얼룩져 있었다.

그는 평생을 검을 다룬 기사였다. 한시도 검을 놓지 않았고, 그러기 위해서 끊임없이 노력하고 훈련했다. 이까짓 몇백 번의 팔굽혀펴기에 녹초가 되어 쓰러지지 않는다.

그런데 말이다. 어느 순간 병사들의 마음이 자신의 심장에 와 닿는 것을 느꼈다. 그들의 독기가 느껴졌고 좌절감이 느껴졌고 슬픔과 아픔이 느껴졌다.

'나는 이들을 모르고 있었구나.'

단 한마디의 말도 나누지 않았다. 그런데 느껴지고 있었다. 그들의 모든 것이 말이다. 그리고 그들도 느낄 것이었다. 자신의 모든 것이 말이다. 희한했다. 모든 것이 풍족할 때는 전혀 느끼지 못했던 것이다.

모든 것을 잃고 부족하기 그지없으며, 미칠 것 같이 분노하는 현 상황에서 모든 것이 더 명확해지고 더 생생해지는 것이 이상했다. 그에 카플루스 자작은 눈물이 났다.

땀이 흘러내려 눈물과 덩어리가 되었고, 뿌연 흙먼지가 버무려져 그의 얼굴에는 지저분한 선이 그어졌다. 그리고 끊임없이 악다구니를 쓰며 침이 튀고 흘러내렸다.

입안 가득히 먼지가 들어가 있어 마치 흙을 한 움큼 집어 삼킨 것 같은 느낌이 들었다.

털썩!

"후욱! 후욱!"

그때, 카플루스 자작의 귓가에 들려오는 소리가 있었다. 바로 그의 옆에 있는 병사가 마침내 배를 바닥에 대고 팔을 쭉 편 채 볼을 땅에 대고 거친 숨을 내쉬고 있었다.

카플루스 자작과 병사의 눈이 부딪혔다. 그리고 수없이 많은 대화가 이루어졌다. 그 순간은 지극히 짧았다. 하지만 카플루스 자작과 눈을 마주친 병사는 다시 거친 호흡을 가다듬고 팔굽혀펴기를 시작했다.

카플루스 자작의 입이 열렸다.

"전우의 시체를 넘고 넘어 앞으로 앞으로 만월강아 잘 있거라 우리는 전진한다. 원한이야 피에 맺힌 적군을 무찌르고서 꽃잎처럼 사라져간 전우야 잘 자라……."

중얼거리듯 아주 작은 목소리로 군가가 흘러나왔다. 그에 병사는 자신도 모르게 그 군가를 따라 하기 시작했다. 그 옆의 병사도, 그 앞의 병사도 하나둘 군가를 따라 하기 시작했다.

그리고 하나의 목소리가 되었다. 지금 이 순간 그들은 패배의 악령을 떨쳐 버리고 있었다. 한마음 한뜻으로 진정한 전우가 되어가고 있었다. 그들은 자신들도 모르게 눈물을 흘리고 있었다.

기계적으로 팔굽혀펴기를 하고 있었으며 흙먼지와 땀과 눈물, 콧물이 뒤범벅이 되어 있는 얼굴로 입을 벙긋거리며 한목소리로 군가를 부르고 있었다. 너무 힘들어 몸을 일으키지 못해도 군가를 불렀고, 흙바닥에 볼을 대고 침을 흘리고 있음에도 불구하고 입술을 벙긋거리며 군가를 불렀다.

그 순간 카이론과 키튼 중사는 이미 일어서 있었다. 그 둘이 팔굽혀펴기를 중지했음에도 불구하고 그들은 여전히 팔굽혀펴기를 하면서 계속 군가를 외치고 있었다.

그러다 카플루스 자작이 팔굽혀펴기를 중지하고 일어섰고, 그를 따라 병사들이 일어섰다. 지쳐 쓰러졌던 병사들을 일으켜 세우며 오와 열을 맞췄다. 그리고 그들은 팔을 허리에 올리고 뒤꿈치를 위아래로 움직였다. 마치 21C 군대에서 군가를 부를 때 하는 반동 동작처럼 말이다.

누가 시킨 것도 아니었다. 지금 이 순간 그들에 필요한 것은 감정을 폭발시킬 어떤 것이었다. 그리고 감정의 폭발은 이미 절정에 이르고 있었다.

"터지는 피와 살 무릅쓰고 앞으로 앞으로,
우리들이 가는 곳에 전선은 무너진다!
흙이 묻은 병장기를 손으로 어루만지니
떠오른다 네 얼굴이 꽃같이 별같이."

전우야 잘 자라.

지금 이들이 부른 군가의 제목이었다. 그들은 전우에게 잘 자라 외치고 있었다. 전우를 가슴에 묻어야 할 때였다. 마지막 군가를 마치고 그들은 부동자세로 돌아와 있었다.

그들을 바라보며 카이론은 고개를 끄덕였다. 그것은 키튼 중사 역시 마찬가지였다. 이제야 이들은 진정한 군인이 되었다. 그렇다고 이 이전의 이들이 군인이 아니라는 것은 아니다.

그때도 군인이었고 지금도 군인이었다. 다만 지금의 이들은 생명의 무게를 깨달은, 진정한 전우애를 깨달은 그런 군인이 된 것이었다. 카이론은 뒤로 돌아 훈련장을 걸어 나갔다.

"해산!"

키튼 중사는 해산을 명했다. 하지만 움직이는 병사들은 아무도 없었다. 그저 가슴을 펴고, 허리를 꼿꼿하게 편 채 하늘을 바라보며 하염없이 눈물을 흘리고 있을 뿐이었다.

그 눈물의 의미가 무엇인지는 알 수 없었다. 회한의 눈물일 수도, 혹은 반성의 눈물일 수도 있었다. 하지만 분명한 것은 그들은 하나가 되었다는 것이었다.

그것은 카플루스 자작 역시 마찬가지였다. 그에게 있어서 지금 이 순간은 형언할 수 없는 카타르시스와 같았다. 격정적이면서도 그와는 정반대의 감정인 평안함이 느껴지는 순간이었다.

* * *

"연락이 안 된다?"

"…그렇습니다."

만인부장 타슈카 위트코(성난 말)과 그의 부관인 라파하녹(빨리 불어나는 물)의 대화였다. 타슈카 위트코의 표정은 별반 달라진 것은 없었으나 그에게 보고를 하고 있는 라파하녹의 행동은 지극히 조심스러웠다.

까무잡잡한 피부에 선이 굵은 얼굴. 그의 목에는 오거의 날카로운 이빨 하나가 걸려 있었으며, 그의 앞에는 오거의 정강이뼈를 갈아 만든 50cm 남짓의 날카롭게 휘어진 단검이 놓여 있었다.

타슈카 위트코는 아무런 말없이 그 단검을 들어 날을 손가락으로 쓰다듬었다. 그 조용한 행동이 오히려 더 위압감을 주는 듯했다.

"당한 건가?"

간단하게 내뱉는 타슈카 위트코의 음성이었다. 묵직하고 굵은 음성이었다. 그의 목소리에는 어떠한 희로애락도 깃들어 있지 않았다. 그는 미간을 찌푸렸다.

마음에 들지 않았다. 고작해야 패잔병 따위였다. 그것도 완벽한 정보와 함께 완벽한 계획 아래 이루어진 작전이었다. 실패란 있을 수 없었다.

"그를 돕는 자가 있는 것인가?"

"최근 정보에 의하면 9군단 예하의 1개 중대가 파견되었다고 합니다."

"1개 중대라……."

익히 알고 있는 정보였다. 별로 신경 쓰지 않은 정보이기도 했다. 자신이 투입한 병력은 2개의 천인대. 한 개의 천인대는 엘간 산으로 한 개의 천인대는 엘간 산에서 6군단으로 향하는 길목에 있는 옐로우 스톤에 배치했다.

적의 규모는 다치고 지친 오십여 명 남짓. 그리고 그들을 지원하기 위해서인지 아니면 다른 임무를 수행하기 위해서인지 모를 1개 중대. 절대 실패할 수 없는 작전이었다.

그런데 실패가 점쳐지고 있었다. 아니, 모타바토가 이끄는 5천인대는 이미 전멸당한 것이나 다름없었다. 그는 자신의 부족 출신으로 자신에게 절대적인 충성을 다하는 자.

그는 작전에 투입되면 시시콜콜한 것까지 자신에게 상세하게 보고한다. 물론 선 보고가 아니라 후 보고였다. 작전에서는 선 조치가 먼저이니까 말이다.

그러한 그가 한 달 전 보고를 마지막으로 한 차례의 보고도 없었다.

"어떻게 해석해야 할까?"

"정보가 오염되었을 수도 있습니다."

"그건… 아니다. 그가 그리 쉽게 약속을 깨뜨리지는 않을 것이니 말이다."

"물론 그렇습니다. 하지만 지금의 것은 계약과는 별도의 상황. 부족의 힘을 줄일 수 있다면 그들에게는 나쁘지 않은 선택입니다."

"흐음."

라파하녹의 말에 단검을 책상 위에 올려놓은 타슈카 위트코가 가볍게 한숨을 내쉬었다.

"그들이 얻는 것이 없을 터인데?"

"이미 계약은 완성되었지 않습니까? 우리는 맘포스 지역을 얻었고, 그들은 원하던 옐로우 스톤을 얻었습니다. 또한 만월의 강을 중심으로 경계를 확정지었고 말입니다."

"……."

타슈카 위트코는 고개를 미미하게 끄덕일 뿐이었다. 계약은 거기까지였다. 이후 1개 대대를 제거하는 것은 순전히 그들의 앓는 이를 빼줄 호의에서 나온 조치일 뿐이었다.

한마디로 안 해도 될 일이었다. 하지만 타슈카 위트코는 그렇게 생각하지 않았다. 그것은 호의가 아니라 빚이라 할 수 있었다. 상대의 간지러운 부분을 긁어줌으로써 작지만 유용한 패를 하나 쥐는 것이었다. 그런데 일이 틀어졌다. 한 개의 천인대가 전멸당했다. 5천인대는 자신의 직속이라 해도 과언이 아닐 천인대.

"어찌 되었거나 엘간 산을 우리의 작전 지역으로 포함시켜야 해."

"그건 그렇습니다."

엘간 산은 분명 중립 지역에 위치했지만 엄밀히 따지면 바이큰 족의 영토였다. 그리고 만월강을 건너면 바로 옐로우 스톤이 시작되고, 그곳을 지나면 6군단이 존재한다.

엘간 산이 카테인 왕국의 넘어간다면 실질적으로 자신들의 턱밑에 비수를 꽂고 있는 것과 다르지 않았다. 그뿐만 아니라 그가 이리도 엘간 산을 신경 쓰고 있는 다른 이유도 있었다.

그 이유는 다름 아닌 휴전에 있었다. 수백 년간 이어져 온 바이큰 족과 카테인 왕국 간의 휴전. 둘 다 국력을 재정비할 시간이 필요했던 것이었다.

물론 이것은 일부 고위직만 알고 있는 상황이었다. 이 전쟁을 이끌어가는 왕국이나 바이큰 족의 실세들 사이에서 언급되고 있었기에 아직 일선의 군부대도 모르는 특급 비밀이었다.

그리고 타슈카 위트코는 바이큰 족의 고위직과 연계되어 상당히 중요한 위치를 가지고 있었고, 그것은 그와 협상을 이뤄 낸 카테인 왕국의 체스터 6군단장 역시 마찬가지였다.

그런 휴전 협정이 이뤄지고 있는 상황에서도 전투는 여전히 치열했다. 모종의 협약이 있는 이 지역을 제외하고 만월강을 중심으로 전선이 형성된 지역은 모두 지금 동일한 입장에 놓여 있을 것이다.

왜냐하면 휴전 협정이 채결되는 순간의 영토가 바로 국경이 될 테니까 말이다. 이렇게 최전선에서는 전투가 계속되었지만 바이큰 족과 카테인 왕국 사이에는 벌써 평화적인 분위기가 연출되고 있었다. 끊어졌던 무역이 재개되고, 병력의 이동이 아닌 특정 지역을 통해 서로 왕래가 잦아졌다.

타슈카 위트코가 카테인 왕국의 한 개 대대를 섬멸하기 위해 엘간 산과 옐로우 스톤에 천인대를 급파한 이유도 역시 휴전 협정이 체결되기 전까지 영토를 차지하기 위해서였다.

한 번에 두 마리의 토끼를 잡기 위한 계략이었다. 그런데 하나의 계략이 틀어져 연계된 또 다른 계략도 위기에 처한 것이다. 엘간 산을 확보하지 못하면 어쩔 수 없이 옐로우 스톤에 급파한 병력을 후퇴시켜야만 했다.

결정해야 했다.

"9천인대와 8천인대를 엘간 산으로 투입한다."

"위험하지 않겠습니까?"

라파하녹 부관이 조심스럽게 물어왔다. 그럴 수밖에 없는 것이 지금 전투 병력을 이동하는 것은 극히 제한적일 수밖에 없었기 때문이었다. 현재 이 지역의 바이큰 족과 카테인 왕국군은 전쟁이라기보다는 암묵적인 휴전 상태였다.

그러한 기류 때문에 대외적으로 드러난 군사 이동은 휴전 협정을 저해하는 요소로 작용할 수 있었다.

"공식적으로는 훈련이다."

"그들이 꼬투리를 잡는다면 족장께서 위험해 질수도 있습니다."

그러했다. 공적으로는 타슈카 위트코는 만부장이었지만 사적으로는 소린 족을 이끄는 족장의 위치에 있었다. 자신의 부관 역시 어렸을 적부터 함께한 형제와 같은 자였고 말이다. 그러한 그가 지금의 타슈카 위트코 만부장의 위치와 상황을 모를 리 없었다.

서부의 대족장 쿤라이트 아래에는 다섯 개의 만인대가 존재했다. 그 다섯 개의 만인대는 대족장의 이름 아래 병합된 부족 중 가장 강성한 다섯 개 부족의 족장이 이끌고 있었다. 타슈카 위트코는 그중 한 명 이었고 다른 만인장과는 같은 쿤라이트 대족장의 휘하라고는 하지만 사이는 썩 좋지 않았다.

"그렇다 하더라도 지금은 선택의 여지가 없다는 것을 귀관도 알 것이다."

"……."

타슈카 위트코의 말에 라파하녹은 할 말이 없었다. 솔직히 진퇴양난의 상황이었다. 할 수도 하지 않을 수도 없었다.

"위험이 없으면 얻는 것은 없다. 그리고 직위는 다시 찾을 수 있지만 전사들과 부족민들의 신망은 회복하기 어렵다.”

신망과 권력, 그리고 무력. 이 세 개를 모두 얻어내야만 했다. 자신이 움직이지 않으면 전사들은 자신에게 실망할 것이고 드러내지는 않겠지만 겁쟁이라 욕할 것이다.

그래서 타슈카 위트코는 파병을 결정한 것이다. 만약 실패한다면 자신은 잠시 권력에서 밀려 나 있으면 된다. 물론 그 지독한 치욕은 분명 자신이 안고 가야하겠지만 신망은 지킬 수 있을 것이다.

그리고 복권은 금방일 것이다. 자신의 힘이 약해졌다고 해서 자신의 힘이 필요 없다고는 할 수 없는 법이다. 쿤라이트 대족장의 입장에서는 다섯 개의 힘이 팽팽해야 다스리기 편해진다. 권력이란 균형이 무너지기 시작하면 건잡을 수 없다. 그것을 너무나도 잘 아는 쿤라이트 대족장이니 대신할 힘이 없는 이상 자신을 어찌할 수 있는 입장은 아니었다.

그것을 알고 있기에 과감하게 수를 쓰는 것이다. 실패에 대한 부담도 있지만 반면에 성공했을 때의 달콤한 꿀이 존재하기 때문이었다. 성공한다면 자신은 휴전 협상 이후 지대한 영향력을 발휘할 수 있으니 말이다. 바로 적의 턱밑에 비수를 들이댈 수 있는 장소를 자신의 힘으로 획득했으니까.

성공한다면 지금의 팽팽한 권력 구도를 깰 수 있는 힘을 가질 것이고, 실패한다 해도 조금 위축될 뿐이었다. 아니 오히려 득이 더 될 수도 있었다. 그는 지금 마지막 한 수를 쓰는 것이었다.

"만약 감당할 수 없다면 옐로우 스톤에 투입한 2천인대를 소환하고, 8, 9천인대를 후퇴시킨다."

감당할 수 없는 경우란 의외의 변수에 의하여 8, 9천인대가 엘간 산에서 패했을 경우를 의미할 것이다.

그리고 2천인대와 8, 9천인대를 후퇴시킨다는 말은 최대한 전력을 유지하기 위해서다. 물론 이러한 명령이 전장에 투입된 친부장들에게 그대로 전달될지는 모를 일이었다. 타슈카 위트코의 휘하에 있지만 그들은 근본적으로 싸움을 밥 먹는 것보다 좋아하고, 후퇴를 패배보다 더 치욕스럽게 여기는 이들이었으니 말이다.

"와그니스카(흰 유령) 8천부장과 고야틀레(하품하는 자) 9천부장을 부르겠습니다."

이미 여러 가지의 가정을 상정하고 있다는 것을 느낀 라파하녹은 더 이상 타슈카 위트코를 만류하지 않았다. 자신의 의견을 따라 두 천부장을 소환하러 나가는 라파하녹의 뒷모습을 바라보는 타슈카 위트코.

그는 무심코 책상 위에 놓았던 날카롭게 벼려진 새하얀 단검을 들어 날을 쓸었다.

뜨끔.

단검의 날을 쓸던 그의 손이 멈췄다. 그의 손에서 검붉은 피가 스며들듯 흘러나오고 있었다. 타슈카 위트코는 멍하니 핏방울이 흐르는 자신의 손가락을 바라보았다.

불길한 느낌이 들었다. 그는 한참 동안 자신의 손가락의 핏방울을 닦을 생각도 하지 않았다. 그의 손가락에 맺힌 핏방울이 마침내 무게를 이기지 못하고 떨어질 때까지 말이다.

* * *

"뭐? 교두보를 확보해?"

"그렇습니다."

미하일로프 체스터 6군단장은 약간 격앙된 목소리로 되물었다. 그의 앞에 자연스럽게 답을 하는 작전참모 로버트 아인혼 자작.

"흐음."

체스터 6군단장은 자신의 턱을 쓸었다. 며칠째 수염을 깍지 않아 까슬한 감촉에 손가락에 전해졌다. 그는 지금 깊은 생각에 잠겨 들었다. 작전에 투입한 마르탄 카플루스 자작 때문이었다.

바라웨의 마르탄 카플루스 자작.

자신의 데릴사위.

스물다섯에 익스퍼트 하급에 들어선 재능을 높게 보아 그를 데릴사위로 들였지만 그 이후 마흔 다섯이 된 지금까지 발전이 없어 포기하고 그를 제거하기로 마음을 먹었다.

그래서 휴전 협정을 진행하면서 그를 작전에 투입시켰다. 솔직히 1개 대대로는 절대 불가능한 임무였다. 하지만 그것을 알고 있음에도 카플루스 자작은 자작임에도 불구하고 겨우 대대장이 되어 작전에 투입되었다.

특수 임무라는 명목하에 말이다. 그리고 바이큰 족은 자신의 생각을 읽고, 7백 명에 달하는 대대 병력을 공격해 엘간 산 깊숙한 곳으로 밀어 넣었다.

그때 체스터 6군단장은 카플루스 자작을 마음속에서 지웠다. 그나마 그의 가문은 당대에 한해서 유지시킬 것이다. 그것으로 자신이 할 수 있는 것은 다 했다고 할 것이다.

아들이나마 백작가의 일원이 될 수 있었으니 죽어서도 자신에게 오히려 고마워할 것이라고 생각했다. 그런데 의외의 일이 일어나고 있었다.

분명 전해져 오는 정보로는 죽어도 이상하지 않을 정도의 치명상을 입은 카플루스 자작이 버젓이 살아서 통신을 해온 것이었다. 그것도 엘간 산의 가장 높은 봉우리에 교두보를 확보했다고 말이다.

엘간 산의 가장 높은 봉우리면 근방에 산이 없는 관계로 중요한 거점이 될 수 있었다. 그리고 휴전 협정이 채결되면 적의 턱밑에 놓인 비수와 같은 역할을 할 것이 분명한 곳이었다.

"이걸 어떻게 해석해야 될지 모르겠군."

"혹시……."

"뭐가 집히는 것이라도?"

아인혼 작전 참모의 말에 그를 향해 시선을 두며 묻는 체스터 백작.

"그의 실력이 한 단계 상승했을 수도 있지 않겠습니까? 극한의 상황에 몰렸을 때 실력이 상승하는 경우가 상당히 있으니 말입니다."

"실력의 상승이라……."

그럴 수도 있었다. 무려 20년 동안 오매불망하던 중급의 경지라면 바이큰 족의 천인대라 하더라도, 그리고 그 장소가 깊은 산중이라면 충분히 감당할 수도 있었기 때문이었다.

하지만 지금 이들은 하나를 간과하고 있었다. 바로 카이론이라는 존재를 말이다. 그럴 수밖에 없는 것이 고작 한 개의 중대일 뿐이었다.

그 한 개의 중대가 전투 상황을 좌지우지하기에는 무리가 있었다. 그리고 그들에게 알려진 정보로는 그들의 실력을 가늠하기가 불가능했다. 때문에 자연스럽게 둘의 대화는 카플루스 자작의 실력 상승에 맞춰진 것이었다.

그가 실력이 중급에 이르고 새롭게 투입된 중대 병력을 만난다면 결코 불가능한 임무는 아닐 수 있었기 때문이었다.

“그에게 다시 한 번 기회를 줘야 하는 것인가?”

체스터 백작은 조용히 독백하며 자신의 책상을 손가락으로 톡톡 쳤다. 기실 체스터 백작이 카플루스 자작을 자신의 데릴사위로 들인 이유는 무력 때문이었다. 그는 불과 스물다섯에 익스퍼트에 들었다. 굉장히 빠른 속도였다.

지금 왕국은 전쟁 중이다. 평화 시에도 무력은 곧 권력을 의미한다. 그런데 전쟁 중이라면 어떠할까? 그래서 체스터 백작은 카플루스 자작의 잠재적인 가능성을 믿고 그를 데릴사위로 들였다. 하나, 20여 년의 시간이 지금까지 그는 여전히 익스퍼트 하급이었다.

기다려 줄 만큼 기다려 줬다. 그래서 제거를 결심했다. 그런데 의외의 소식이 전해진 것이었다. 불가능할 것이라 예상한 작전. 실제로는 바이큰 족에게 정보까지 건넨 작전에서 살아남고 교두보까지 확보했다는 것이다.

교두보는 한 사람의 무력이 뛰어나다고 해서 확보할 수 있는 것이 절대 아니다. 한 사람의 무력도 무력이지만 병력을 다루고 그들을 적재적소에 운용할 수 있는 과단성과 적극성 그리고 심모원려한 작전 수행 능력이 필요한 것이다.

거기에서 체스터 백작은 몇 가지의 가정을 산출해 낼 수 있었다. 첫째, 카플루스 자작이 벽을 허물었다는 것이다. 익스퍼트 하급과 중급은 천양지차라 할 수 있었다. 하급이 병력 1백을 감당한다면 중급은 5백은 충분히 감당할 수 있으니까.

둘째로 그의 능력이 뒤늦게 개화한 것이라는 가정이었다. 그것은 전체적인 상황을 조율할 수 있는 능력을 말한다. 그러한 능력은 비단 전장에서만 적용되는 것은 아니었다. 영지를 다스리거나 귀족 간의 이전투구 속에서도 빛을 발할 수 있었다.

'한 번 더 시험한다.'

오랜 시간의 고민 끝에 체스터 백작은 결정을 내렸다. 시험은 그리 간단하지 않을 것이다. 이번에도 불가능에 가까운 시험이 될 것이니 말이다. 체스터 백작의 눈이 빛을 내고 있었다.

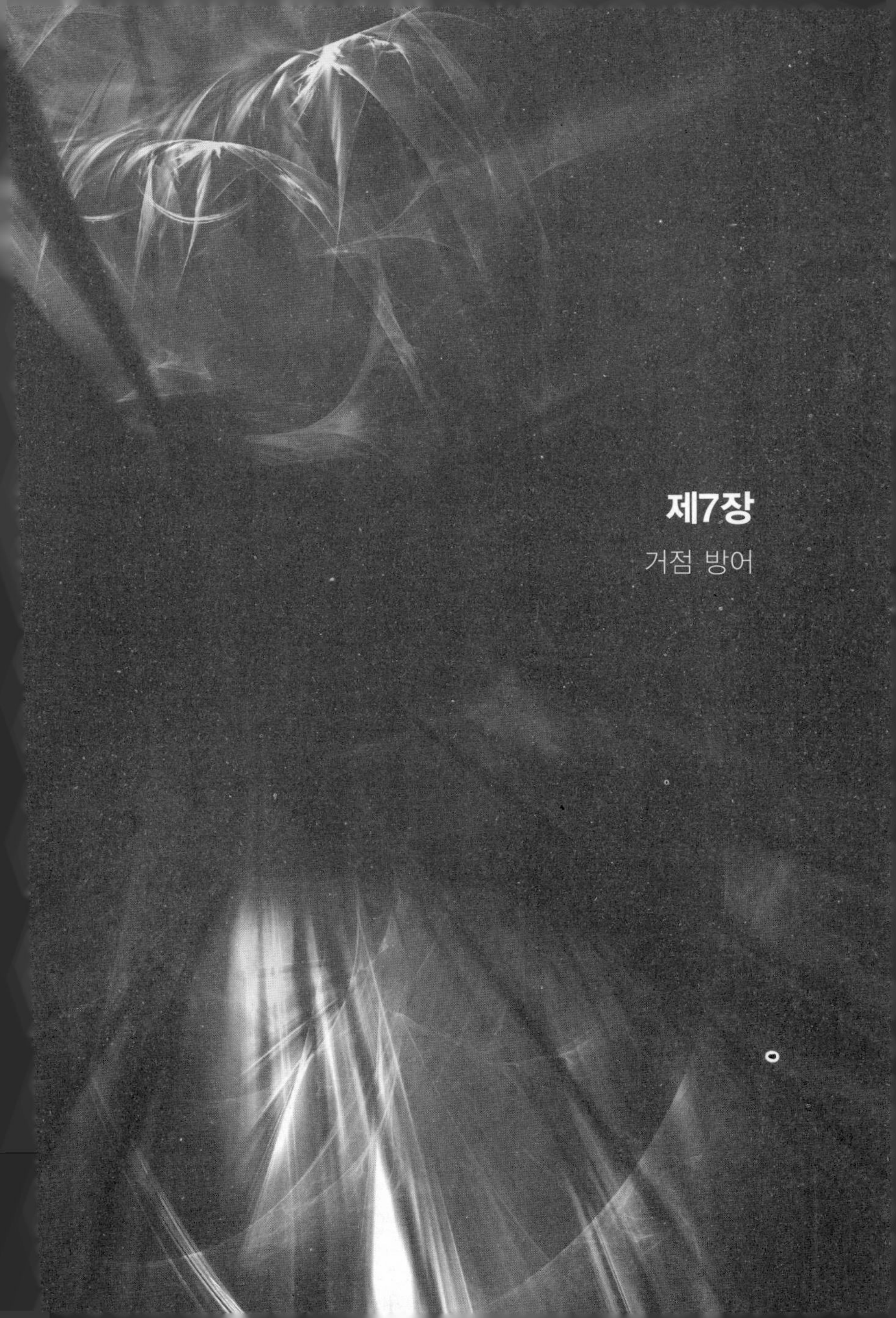

제7장

거점 방어

Warrior

"날 연대장으로 진급시켰더군."

"……."

말없이 카플루스 자작의 말을 듣는 카이론이었다. 그런 카이론의 태도에 상관없다는 듯이 가볍게 나무로 만들어진 컵을 들어 그 속에 담긴 액체로 목을 축이는 카플루스 자작이었다.

"보름 후 추가 병력이 도달한다 하는데 그것은 알 수 없는 일."

"소관이 더 들어야 할 내용이 있습니까?"

카이론은 고개를 끄덕일 뿐이었다. 추가 병력이 오면 좋지만 오지 않아도 상관은 없었다. 하지만 카플루스 자작의 말에는 짙은 아쉬움과 미안함이 배어 있었다.

6군단에서는 자신을 주목할 뿐, 이 젊디젊은 중대장은 주목하지 않았다. 어떻게 보면 지금 하달된 작전 명령은 그저 지키다 옥쇄하라는 말과 다르지 않았다.

살아남는다면 자신은 장인에게 인정받을 것이다. 하나, 그러기 위해서는 많은 것을 희생해야만 했다. 그리고 그 희생을 본의 아니게 자신의 앞에 있는 중대장에게 강요하게 된 셈이다.

그래서 미안한 마음이 들었고, 여전히 그 속내를 보여주지 않는 이 젊은 중대장의 행동에 아쉬움이 남을 수밖에 없었다. 물론 인간관계라는 것이 그렇게 설렁설렁 넘어가는 것은 아님을 알면서도 카플루스 자작은 아직까지 자신에게 마음을 열지 않는 이 중대장의 행동이 아쉬웠다.

"자네를 중대장에 정식으로 임명함과 동시에 대위로 진급시켰네. 그리고 9군단에서 6군단으로 적을 바꿨더군."

"그렇습니까?"

담담했다. 담담할 수밖에 없었다. 임시지만 이미 중대장이었고, 대위였으니까. 이제와 임시라는 말을 뗀 것뿐이었다. 나직한 카이론의 음성 속에는 이미 예상한 일이라는 느낌이 담겨져 있었다. 그러한 카이론을 빤히 바라보는 카플루스 자작이었다.

"알고 있었던가?"

"어느 정도 예상한 일이었습니다."

"예상을 했다?"

"아시다시피 소관은 가문에서 환영받지 못한 존재이며, 공을 세우면 세울수록 부담이 되는 존재입니다. 또한 그러한 소관을 눈에 가시처럼 여기는 이복형 역시 있습니다."

"그렇군."

처음 듣는 이야기였다.

'그리고 보면… 나는 이자에 대해 아는 것이 아무것도 없군.'

그랬다. 지금에서야 불현듯 찾아온 생각이지만 카플루스 자작은 카이론에 대해서 아는 것이 아무것도 없었다. 자신은 그동안 카이론에 대해 궁금해할 시간조차 없었다.

그냥 당연하다는 듯이 생활해 오고 있었다.

'왜 그랬을까?'

지금에 와서야 가지는 의문. 그리고 카플루스 자작은 바로 답을 찾을 수 있었다.

'나이답지 않은 노련함. 그리고 상상조차 할 수 없을 정도의 무력.'

카이론에게는 나이에 맞지 않는 노련함과 강함이 함께 있었다. 오랫동안 군 생활을 했던 자신보다 노련했고, 부하들을 아우르는 카리스마가 있었다. 그러하기에 자신은 그것을 당연하게 받아들이고 있었던 것이다.

카플루스 자작은 카이론의 한마디에 그가 처한 상황을 마치 눈앞에서 펼쳐지듯 완벽하게 이해할 수 있었다. 카이론과 같은 귀족 가문의 서자가 어디 한둘이겠는가?

가문을 계승할 장남을 대신해 전장으로 나선 가문의 서자. 그들이 전공을 세우고 죽으면 가문의 후계자는 전쟁에 참여할 의무가 없었다. 거기에 후계 구도가 완벽하게 정리되니 이 얼마나 훌륭한 계책인가?

그에 카플루스 자작이 물었다.

"복수를 원하는가?"

"……."

복수라는 말이 카플루스 자작의 입에서 흘러나오자 말없이 찻잔을 내려놓으며 카플루스 자작을 바라보며 입을 열었다.

"복수든 용서든 그 무엇이든… 그것은 오로지 남아 있는 자의 몫입니다."

무척이나 담담한 말이었다. 순간 카플루스 자작은 자신의 물음이 참으로 어리석었다는 것을 느낄 수 있었다.

지금은 자신은 복수라는 말을 입에 담을 수 있는 입장이 아니었다.

중요한 것은 살아남는 것이었다. 그래야 복수도 용서도 할 수 있었다. 자신은 참으로 어리석은 사람이다. 죽음을 눈앞에 두고 있다 살아났음에도 불구하고 복수에 눈이 어두웠던 것이다.

코앞에 위기가 다가왔는데 멀리있는 복수를 꿈꾸고 있었다. 이 얼마나 어리석은 짓인가? 우선 살아남는 것이 중요했다. 복수는 그 다음일 것이다.

끄덕.

작지만 결코 무시할 수 없는 깨달음에 미미하게 고개를 끄덕이는 카플루스 자작이었다.

'나는 아직… 배워야 할 것이 너무나 많구나.'

배워야 할 것이 많았다. 인생은 끊임없는 배움의 연속이라 할 수 있었다.

"그리고 귀족의 복수는 10년을 끌고 간다 해도 결코 지나치지 않습니다."

"…그렇군."

카이론은 결코 자신의 가문을 용서할 생각이 없었다. 받았으면 받은 만큼 돌려 줘야만 했다. 그것이 귀족 가문의 남자다. 용서는 그 다음의 문제였다. 가장 먼저 살아남아야만 했다.

"고대의 현자는 자신을 세우고, 가족을 세우며, 가문을 세우고, 왕국을 다스리고, 세상을 평정하라고 했습니다. 모든 일의 시작은 먼저 자신을 세우는 일부터가 아닌가 합니다."

카이론의 말에 카플루스 자작은 자신도 모르게 고개를 끄덕일 수밖에 없었다. 그러했다. 자신이 있어야 가문이 있고, 왕국이 있는 것이었다. 자신이 없으면 그 무엇도 존재할 수 없었다. 그러한 자신을 죽이고 도대체 무슨 일을 계획하고 실행한단 말인가?

'그랬었군. 그래서 나는 아무것도 할 수 없었군. 알았으니 이제… 나를 먼저 세운다.'

자신을 먼저 세우는 것이 중요했다. 모든 일은 바로 자신을 먼저 세우는 것에서부터 시작이다. 자신이 강건하지 못하면 모든 것은 허물어지게 마련이었다.

"그리고 작전 명령이 하달되었네."

카플루스 자작의 말에 고개를 끄덕이는 카이론이었다. 이미 예상한 바였다. 카플루스 자작과 지난 시간 동안 많은 대화를 나눴고, 지금 이곳의 상황을 완벽하게 인지하고 있는 상황이었다.

"방어하라는 명령입니까?"

“그러하네.”

당연한 수순. 그리고 또 하나의 당연한 작전.

“지원은 없겠군요.”

카이론의 말에 무겁게 고개를 끄덕이는 카플루스 자작이었다.

“또 한 번의 시험이겠지.”

카이론에 대한 시험이 아니라 카플루스 자작에 대한 시험일 것이다. 그 시험이란 바로 카플루스 자작이 과연 자신들의 생각대로 한 단계 앞으로 나아갔는지에 대한 시험이었다.

이곳은 그들이 보기에는 감제고지(瞰制高地)가 분명했다. 이곳 하나만 온전하게 점령한다면 부속된 지역이 떨어져 나가더라도 적의 턱밑에 비수를 꽂아 넣는 셈이었다.

즉, 작은 힘으로 큰 적을 막아 낼 수 있는 요충지이자 적의 활동을 낱낱이 파악할 수 있는 고지라는 것이다. 그러한 중요한 감제고지를 지원 병력 없이 지키라고 하는 작전은 분명 죽으라고 하는 말과 다르지 않았다.

하지만 지금에 있어서 카플루스 자작은 과거와는 다르게 생각하고 있었다. 죽으라는 게 아닌 시험이라고 생각했다. 그러한 생각을 하는데는 바로 자신의 눈앞에 있는 신임 대대장이 있기에 가능했다.

탁!

카이론이 나무로 만들어진 컵을 야전 탁자에 소리 나게 내려놓으며 거체를 일으켜 세웠다.

"준비하겠습니다."

"……."

카플루스 자작은 그 말을 남기고 야전 막사를 나서는 카이론을 바라보았다.

'조금 작아졌나?'

상황에 전혀 맞지 않는 생각이 그의 뇌리를 지배했다. 아직도 거대한 카이론의 몸체였다. 그런데 이상하게 처음 보았을 때 느꼈던 것과는 조금 달라진 느낌이 들었다.

'익숙해진 것인가?'

카플루스 자작은 그렇게 생각했다. 자신이 익숙해져서 그렇게 느낀 것이라고 생각했다. 지금 그는 한창 자랄 때 아닌가? 더 커지면 커지지 작아질 리는 없었다.

탁!

그 역시 소리 나게 나무로 만든 컵을 야전 탁자에 놓았다. 그리고 일어나서 한쪽에 놓아두었던 펄션과 아다가를 집어 들어 옆구리에 차고, 등에 장착했다.

그가 문을 열고 나섰을 때는 이미 임시로 만들어진 연병장에 1중대원과 1대대 병력이 모두 도열해 있었다. 그 중심에는 카이론이 부동자세로 서 있었다.

카플루스 자작은 통나무를 잘라 약 50cm 높이로 만들어진 지휘대 위에 올라 그런 병력을 한번 훑어보았다.

“이 시간부로 이곳을 비수(Pulpalienis) 진지로 명명한다. 또한 기존 9군단 1중대는 6군단으로 배속시키며, 그들과 함께 1대대는 본 작이 지휘하는 비수 연대의 확편 선봉 1중대로 명명한다. 또한 카이론 에라크루네스 임시 대위를 정식 대위로 발령하며, 비수 연대의 확편 선봉 1중대장으로 임명한다. 본 명령은 군단령 제252호로 정식 인가되었으며, 이하 각 제대에 대한 진급 권한은 지휘관급 제대장에게 일임한다.”

“…….”

카플루스 자작의 말에 연병장에 모인 140여 명의 병사들은 놀랐으나 침묵을 유지했다. 그러한 선봉 1중대를 바라보며 고개를 끄덕인 카플루스 자작은 다시 입을 열었다.

“동시에 작전 명령을 하달한다. 금일 08시 부로 전투태세에 돌입하며, 적 2개 천인대의 공격으로부터 비수 진지를 방어한다. 앞으로 보름 후 지원 병력이 있을 것이나 그전까지는 지금의 병력으로 진지를 방어해야만 한다. 이상.”

카플루스 자작의 말이 끝났다. 그에 카이론은 차려 자세로 돌아와 뒤로 돌아 외쳤다.

"연대장님께 대하여 경례!"

"단! 결!"

간결하고 힘 있는 목소리가 전해져 왔다. 카이론은 다시 뒤로 돌아 카플루스 자작을 바라보며 외쳤다.

"단! 결!"

"단! 결!"

카이론의 경례를 받는 카플루스 자작. 이후 그는 뒤로 물러나서 임시 막사 안으로 들어갔다. 카플루스 자작이 임시 막사에 들어가고 카이론이 다시 지휘대에 올랐다.

"엔그로스 소위, 바이에른 소위, 카르타고 소위를 중위로 진급시킨다. 또한 키튼 중사를 상사로 진급시키며 중대 선임상사로 임명한다."

"명!"

변한 것은 없었다. 단지 계급이 변했을 뿐이었다. 하지만 카이론의 말을 들은 그들은 격동할 수밖에 없었다. 소위로 1년만 살아남는다면 자동으로 중위로 진급할 수 있다.

하지만 자신들은 그러한 중위에도 진급하지 못했다. 번번이 밀리면서 확연하게 동기들과 서열이 매겨져 버린 자신들. 고작 계급 하나에 그럴 수 있겠느냐고 반문하면 군대에 있어서 계급은 사회에서 작위 그 이상의 의미를 가지기 때문이라 대답하겠다.

그런데 지금 카이론이 자신들을 소위에서 중위로 진급시킨 것이다. 그 의미는 자신들을 책임지겠다는 말이나 다름없었다. 모두에게, 심지어는 가문조차 자신들을 버렸지만 그는 자신들을 신뢰하는 것이다.

그들의 어금니에 힘이 들어갔다. 그것으로 된 것이다.

인간이 삶을 살아가는 이유는 어쩌면 자신의 존재를 타인에게 인정받기 위함이라 할 수 있을 것이다. 그동안 이들은 거의 존재감이 없었다. 버려진 존재. 그것이야말로 이들에게는 고문보다 더한 고통이라고 할 수 있었다.

하지만 카이론은 그들을 잊지 않았다. 중위로 진급시켰다는 것은 자신들과 끝까지 같이한다는 것을 의미했다. 어디에서도 인정받지 못한 버려진 존재들을 자신의 품안으로 들인 것이다. 그래서 그들은 감격한 것이다.

그것은 병사들 역시 다르지 않았다. 이 시대의 병사로 살아간다는 것은 진정으로 힘든 일이다. 귀족에게 있어 병사는 소모품과 다를 바 없었다. 물론 용병도 있었지만 그들은 돈을 주고 고용해야 하는 전력들. 힘들이지 않고 부릴 수 있고, 용병들과 다르게 거처가 있는 병사들이니 안전성에 있어서 어찌 용병과 비교할까?

그런데 신임 중대장은 달랐다. 훈련을 하고 고된 작업을 하는 것은 같았다. 하지만 신임 중대장은 자신들에게 진정한 군인의 길이 어떤 것이라는 것을 알려주었다. 군인이란 군대의 구성원으로 전투에 필요한 장비와 기본 기술을 갖추어 전쟁 같은 유사시에 대비한다는 지극히 당연한 존재 목적을 말이다.

이제 병사들은 더 이상 노예와 같은 노역꾼이 아니었다. 가족의 목숨과 전우의 등을 맡아야 할 임무를 짊어진 존재가 된 것이다. 카이론이 정식으로 대위가 되어 중대장에 임명되는 것은 병사들에게 또 다른 의미로 다가오고 있었다.

스스로 자부심이 생긴 병사들은 확실하게 달라졌다. 게다가 카이론이 직접 관리 감독하지 않을지라도 1중대는 유기적으로 돌아갔다. 그것은 각자 맡은 바 역할을 스스로 찾아 해내면서 일어난 변화였다.

카이론과 그를 따르는 세 명의 중위는 아버지 역할. 그들을 따르는 키튼 상사와 부사관은 어머니의 역할을 담당한다. 그것은 병사도 마찬가지이다.

상급병은 아버지의 역할이고 중급병은 어머니의 역할이다. 모두의 역할이 잘 맞아 돌아가면 그 부대는 강한 부대가 된다. 부대장이 명령을 내리는 순간 장교부터 초급병까지 일시에 전달되고, 일사분란하게 움직일 수 있는 것이다.

그것이 모든 군대가 지향하는 것이었다. 그러한 면에서 카이론이 지휘하는 선봉 1중대는 가장 이상적인 군대 조직이라고 할 수 있었다. 단점을 하나 꼽자면, 카이론이 아니면 그들을 통제하기 힘들다는 것이었다.

장교에서부터 초급병까지 모두 한 몸처럼 움직일 수 있는 것은 그 중심에 바로 절대적인 카리스마를 가진 카이론이 있기에 가능한 것이기 때문이다. 그것을 알고 있음에도 불구하고 선봉 1중대의 유기적인 움직임을 바라보는 카플루스 자작의 표정에는 굳센 믿음이 묻어나 있었다.

부대가 저렇게 유기적으로 돌아간다면 그런 사소한 단점쯤은 그냥 무시할 만했다.

'사실 이런 작전을 수행하는 부대에 올 만한 이들도 없지.'

그랬다. 공을 세워도 공으로 인정받지 못하는 작전이 지금의 작전이었다. 왜냐하면 지금의 작전은 비공식적인 것이었으니까. 그래서 명령서와 임명장이 보름 후에 도달하는 것이다.

'그렇다 해도…….'

꾸욱!

카플루스 자작은 주먹을 움켜쥐었다. 그렇다 해도 자신은 이번에 비수 진지를 지켜낸다면 분명히 원래의 직위인 여단장이나 사단장이 될 수 있을 것이다.

그리고 또 하나 그가 주먹을 움켜쥔 이유가 있었으니, 그의 움켜쥔 주먹에 주황색의 오러 포스가 어리고 있었다.

* * *

"저긴가?"

"그렇다고 하더군."

두 명의 까무잡잡한 피부를 가진 바이큰 족이 말 위에 올라탄 채 멀리 보이는 야트막한 산을 바라보며 입을 열었다. 그들은 다름 아닌 타슈카 위트코 만인부장의 심복인 8천부장 와그니스카와 9천부장 고야틀레였다.

그들은 표정은 그리 나쁘지 않았다. 아니 솔직히 권태롭다고 할 만했다.

"멍청이 같은 모타바토. 고작 저런 작은 야산 하나 제대로 간수하지 못하고……."

귀찮다는 듯이 말을 하는 고야틀레 9천부장의 말에 와그니스카 8천부장은 피식 웃으며 겨우 100미터 고지 정도 되어 보이는 엘간 산의 정상을 바라보았다.

그리고 빠르게 주변을 훑었다. 엘간 산의 봉우리를 제외하고는 어떤 산도 없었다. 심지어는 야트막한 둔덕조차 없었다.

"저거 확실한 감제고지인데 말이지."

확실했다. 주변을 한눈에 통제할 수 있는 곳이었다. 심지어는 만월강 건너의 옐로우 스톤마저도 조망할 수 있었다. 그건 이곳을 요새화한다면 전선이 한참은 뒤로 물러날 수밖에 없다는 말이 된다.

"그러니 그 허여멀건 새끼들이 뒤통수를 친 거겠지."

조금 과격하긴 했지만 이해할 수 없는 말은 아니었다. 고야틀레의 가족은 카테인 왕국군에 의해 몰살당했으니 지금 그가 저런 말을 하는 것은 당연했다.

"그럼 그 대가를 치르게 해줘야겠지. 더불어 죽어간 부족의 목숨값도 받아내야 하고 말이지."

"그것 참 듣기 좋은 말이로군."

껄껄 웃으며 아그니스카 8천부장의 말에 동의하는 고야틀레 9천부장이었다. 그는 카테인 왕국의 병사들을 죽이는 것이 밥 먹는 것보다 더 좋았다. 그들의 피를 마시고 그들의 시체 속에 잠든다 할지라도 그들의 죽음에 환호할 수 있었다.

"내가 뭘 어떻게 해야 하지?"

고야틀레가 와그니스카에게 물었다. 고야틀레 9천부장은 결코 머리가 나쁜 전사는 아니었지만 그는 머리를 쓰지 않았다.

머리를 쓰는 것은 자신의 곁에 있는 하얀 유령이라 불리는 와그니스카의 몫이었다.

무력은 자신도 그에 못지않지만 작전을 세우고 실행하는 데에는 자신보다 훨씬 더 낫다는 것은 안다. 그래서 와그니스카와 작전에 나설 때면 자신은 항상 그의 전위를 자처했다.

자신은 그것만으로 충분했다. 가족과 부족을 몰살시킨 카테인 왕국군의 뜨거운 피를 흠뻑 뒤집어쓰고, 적들의 살과 뼈를 가를 수만 있다면 말이다.

그의 얼굴은 흥분으로 달아올랐고, 입가에는 진득한 살소가 머금어져 있었다. 보는 이로 하여금 섬뜩함을 자아낼 정도로 무지막지한 것으로 그가 타고 있는 말조차 연신 투레질하며 뒤로 물러날 정도로 말이다.

"진정해!"

와그니스카는 고야틀레를 진정시켰다. 그의 말을 듣고서야 겨우 살기를 누그러뜨리는 고야틀레 9천부장.

"먼저 상황을 파악해야겠지."

"수색?"

"위력 수색으로 시작하지."

와그니스카의 말에 고야틀레는 고개를 끄덕였다.

지금 상황에서 적정을 알아보는 데는 위력 수색만 한 것이 없었다. 위력 수색이라 함은 일부러 적을 위협하여 적으로 하여금 경각심을 갖게 하거나, 무력을 투사하게 함으로써 그

가진 바 역량이나 배치 상태를 알아보는 정찰을 말한다.

고만고만한 봉우리가 연속되어 있지만 상당히 넓은 지역을 포함하고 있는 엘간 산. 분명 가장 높은 주봉에 적의 진지가 있을 것이다. 적이 멍청하지 않다면 경계 병력을 배치하고 함정을 무수히 만들어 놨을 것이 분명했다.

아니, 적들은 멍청하지 않을 것이다. 멍청하지 않기 때문에 중대 규모의 병력으로 모타바토 천부장의 병력을 전멸시키고 엘간 산을 점령했을 것이니 말이다.

"정찰은 우리 천인대에서 맡도록 하지."

도전적인 고야틀레의 말에 그를 바라보는 와그니스카. 그러한 와그니스카와 마주보는 고야틀레의 얼굴에 진득한 미소가 떠올랐다.

"우리에게는 마히칸(늑대)이 있다."

고야틀레의 말에 와그니스카는 살짝 인상을 찌푸렸지만 별달리 말을 하지는 못했다. 추적과 정찰에 있어서 마히칸보다 뛰어난 자는 없었다.

다만, 그 성정이 독하고 아집이 강해 자칫 잘못하면 작전을 망칠 수 있었다. 하지만 지금같이 위력 정찰을 하는 데에 있어서 마히칸보다 더 적절한 전사는 없었다.

"그가… 제1백부장이었던가?"

"선봉이지."

전투가 있을 때마다 가장 선두에서 서서 적진을 향해 돌진하는 제1백인대. 그 선봉대의 대장이라는 것은 곧 고야틀레가 가장 믿고 있는 부하라는 것을 입증한 것이다.

"그를 보내도록 하지."

"그 후엔?"

고야틀레의 말에 씨익 웃어 보이는 와그니스카였다.

"풀숲을 건드려 뱀을 불러냈으니 잡아야 하지 않겠나?"

"크크크. 그것 참 듣던 중 반가운 소리로군."

기실 와그니스카도 이번 임무가 그리 달가운 것은 아니었다. 고작 감제고지 하나를 점령하는데 2개 천인대를 동원한 것 자체부터가 말이다. 그것도 겨우 150여 명 정도의 병력이 주둔하고 있는 곳을 말이다.

1개 천인대면 충분했다. 물론 엘간 산이 감제고지로써 훌륭한 역할을 할 수 있는 중요한 지역이라는 것은 분명히 인식하고 있다.

하지만 언제든지 점령할 수 있는 곳이었다.

적어도 1개 천인대 이상이 진지를 점령하고 경계를 서지 않는다면 말이다. 그래도 명령은 명령. 신중에 신중을 기해서 도출된 작전이 바로 위력 정찰이다.

와그니스카 8천부장과 고야틀레 9천부장은 엘간 산에 진입하지 않고 어느 정도 거리를 두고서 진영을 꾸렸다. 그런 그들보다 앞서 마히칸 1백부장이 병력을 이끌고 엘간 산으로 달려가고 있었다.

처음 그는 거칠 것 없이 말을 몰아 달려 나갔다. 하나, 엘간 산이 지척에 다다르자 갑자기 모든 병력을 멈춰 세웠다. 그는 하마 명령을 내리고 주의 깊은 시선으로 엘간 산을 바라보았다.

그의 전신 감각이 일깨워지고 있었다.

'위험하다!'

그리고 그의 뇌리를 지배하는 한 개의 단어가 떠올랐다. 그를 따르는 전사들은 의문의 눈동자로 자신들의 백부장을 바라보고 있었다. 평소와는 전혀 다른 마히칸의 행동 때문이었다.

"세미놀(미개한, 도망자)!"

마히칸 1백부장의 입에서 한 전사의 이름이 불려졌다. 그에 그의 곁에 있던 한 명의 전사가 앞으로 나섰다. 그는 원래 이름은 세미놀이 아니었다. 하지만 그는 카테인 왕국군에게 사로잡혀 탈출한 전력이 있었다.

그리고 그는 전투력은 별로지만 도망치는 거나 무엇을 추적하는 데에는 탁월한 면이 있었다. 바이큰 족의 전사로서 치욕적일 수 있는 능력이었지만 마히칸은 그의 능력을 높이 샀다.

그가 이끄는 1백인대에서조차 그는 다른 전사와 어울리지 못하고 있었다. 전사들은 그를 비겁자라고 한다. 하지만 정작 당사자인 세미놀은 그것을 훈장처럼 받아들이고 있었다.

"수색조를 꾸려 첨병을 담당한다."

"명!"

"마토아카(작은 눈의 깃털)!"

또 다른 이름이 호명되었고, 한 명의 건장한 전사가 앞으로 나왔다.

"세미놀을 지원한다."

"명!"

불만 가득한 얼굴이었으나 가타부타 말하지 않고 명을 받는 마토아카. 하지만 마히칸은 그들을 신경 쓰지 않았다. 그는 세미놀을 비겁한 자로 바라보는 백인대의 전사들을 비웃을 뿐이었다.

그의 부족에서는 세미놀이라는 이름은 도망자라는 뜻도 있지만 정복되지 않은 자라는 뜻도 같이 전해져 온다. 세미놀은 정복되지 않는다. 어떠한 이유가 있더라도. 마치 초원에 자라는 수없이 많은 풀처럼 말이다.

그리고 실제 그의 성격은 과묵하면서도 자신의 주관이 뚜렷한 자였다. 이리 치이고 저리 치이지만 그는 언제나 바이큰 부족의 전사로서 뛰어난 모습을 보였다.

"나머지는 나를 중심으로 500미터 간격을 두고 서서히 이동한다."

"명!"

9천인대 1백인대가 엘긴 산으로 진입했다. 그 모습을 단 하나도 놓치지 않고 바라보는 한 쌍의 눈이 있었으니 그는 다름 아닌 바로 카이론이었다.

카이론은 신중하게 엘간 산으로 접어드는 9천인대 1백인대의 병력을 세세하게 살피고 있었다. 그리고 그들의 목적이 무엇인지도 추론해 낼 수 있었다.

'아군의 전력과 배치 상황을 파악하여 일거에 이곳을 점령하려는 수로군.'

바로 위력 정찰이었다. 적은 이미 대략적으로나마 아군의 전력을 파악하고 있을지도 몰랐다. 그들이 말하는 '배쉬로'가 마틴 소대장 한 명만 있으리란 법은 없으니 말이다. 하지만 정확하게는 알지 못함이 분명했다.

그러하기에 2개의 천인대를 투입시켰고, 전력을 알아보기 위해 위력 정찰을 실시한 것이었다. 그 단순한 적의 작전 속에서 카이론은 지금 작전을 주도하고 있는 자가 의외로 신중한 자라고 생각했다. 신중하다는 것은 아군의 전력을 정확하게 알지 못한다면 전면적인 전투에 돌입하지 않고, 병력을 뺄 수도 있다는 것을 의미했다.

카이론은 이내 결정을 내렸다.

바로 저격과 더불어 유격 전술이었다.

'유격전으로 간다. 엘간 산을 죽음의 숲으로 만든다.'

카이론은 목에 달린 통신 네크리스로 명령을 전달했다.

—접수 완료!

속삭이듯 나직하지만 힘이 전해지는 답이 그에게 들려왔다.

'1소대는 포인트 1로 이동한다. 2소대는 포인트 3으로, 3소대는 포인트 4로, 본부는 포인트 2로 이동 후 비트와 교통호를 통해 이동 교전을 실시한다. 교전 후 각 포인트와 연계된 지점으로 이동한다.'

—접수 완료!

'작전 개시는 현재로부터 20분 후 1소대로부터 시작한다.'

—접수 완료!

모든 준비는 완료되었다. 카이론은 어느새 저격총으로 변한 자신의 애병을 들어 망원 스코프의 십자선에 눈동자의 초점을 맞췄다.

'작전 지역 12지점. 척후조로 보이는 적 11명 진입.'

그때, 그의 뇌리에 들려오는 목소리. 바로 아시커나크의 목소리였다. 그는 이미 카이론의 수족처럼 움직이고 있었다. 카이론의 총구가 아시커나크가 알려준 지점으로 돌려졌다.

수풀이 움직였다. 그들의 움직임은 지극히 은밀하여 훈련된 병사들이 주의 깊게 살피지 않은 절대 발견할 수 없을 정도였다. 하지만 카이론은 이미 엘간 산 전체를 수없이 많은 작전 지역으로 구획한 뒤였다.

마치 지구에서의 작전 지도처럼 정사각형으로 구획하여 각 구획 지역마다 번호를 매겨 두었다. 때문에 혹시라도 적 중에 주술사나 마법사가 있어 그들의 통신을 감청한다 해도 해석이 불가능했다.

그러한 카이론의 준비 덕택에 숲과 완전하게 일체가 되어 움직였음에도 그들의 행적은 완전히 노출되고 있었다.

'좌측으로부터 다섯 번째 후미에 위치한 자.'

다시 아시커나크의 음성이 그의 뇌리로 전해졌다. 그가 말한 것은 바로 척후조의 조장을 의미하는 것일 게다. 보통 척후조의 선두는 조장이 앞에서 모든 것을 지휘할 것이다.

하지만 바이큰 족의 척후조의 조장은 그렇지 않았다. 만약 아시커나크의 전언이 아니었으면 카이론은 당연히 가장 선두에 선 자를 저격했을 것이다.

카이론의 망원 스코프의 십자선에 한 명의 전사가 잡혔다.

그리고 서서히 숨을 멈추기 시작했다. 그 순간 카이론의 망원 스코프에 잡힌 전사는 불안한 눈동자와 함께 신형을 멈춰 세우고 있었다.

'위험하다.'

세미놀의 감각은 그렇게 전해주고 있었다. 은밀한 움직임. 그들의 움직임은 풀벌레조차 감지하지 못하고 있었다. 완전히 숲과 동화된 움직임이었다.

그런데 갑작스럽게 찾아든 불안한 느낌. 그 느낌은 척추를 타고 스멀거리며 그의 전신을 질주하고 있었다. 그가 멈춰 서자 조원들 역시 그 자리에서 미동조차 하지 않고 그를 바라보고 있었다.

세미놀의 눈동자가 쉴 새 없이 움직였다. 아주 짧은 시간이었지만 마치 영겁과도 같은 시간. 그의 눈썹에 맺혔던 땀방울이 무게를 이기지 못하고 떨어졌다.

그 순간이었다.

퍼억!

피가 튀면서 세미놀의 고개가 뒤로 확 재껴졌다. 느릿하게 세미놀의 신형이 모로 쓰러지기 시작했다. 그의 눈은 도저히 믿을 수 없다는 듯이 크게 부릅떠져 있었다.

그는 운이 좋았다. 어떠한 상황에서도 살아 돌아올 정도로 말이다. 하지만 이제는 그 운도 다한 모양이었다. 추적조

전사들의 눈동자가 커지며 질식할 것 같은 침묵이 감돌았다.

어딘가? 대체 어디서 무엇이 날아온 것일까? 마법은 아니었다. 마법 중에 이 정도로 조용한 마법은 없다고 들었다. 활도 아니었다.

화살이 없는 활이 대체 어디 있단 말인가?

전사들은 그대로 얼어붙었다. 움직일 수 없었다. 적은 보이지 않고, 숲과 완전히 동화된 자신들은 노출되었다.

퍼억!

그때, 또다시 한 명의 전사가 검붉은 피와 허연 뇌수를 쏟아내며 모로 쓰러졌다. 가장 끝에 있던 전사였다. 나머지 전사의 시선이 중심에 있던 전사를 바라보았다.

전사는 즉각 엄지를 들어 뒤를 가리키는 순간.

퍼억!

또다시 들려오는 둔탁한 소리. 전사들의 눈은 더없이 커지고 있었다. 하나, 그들은 입을 열어 소리를 내지 않았다. 지금 이 순간 자신들이 해야 할 일이 무엇인지 너무도 잘 알기 때문이었다.

'후퇴.'

살아서 돌아가는 것이 가장 중요했다. 그리고 이것을 후방의 본대에 전해야만 했다. 그런 판단이 서자 남은 여덟 명의 전사는 일제히 뒤를 향해 달리기 시작했다.

같은 방향으로 뛰는 것이 아니었다. 여덟 명이 모두 다른 방향으로 뛰기 시작했다. 마치 사전에 약속이라도 한 듯이. 적이 몇 명일지는 모르지만 모든 방향을 틀어막지는 않았을 것이니 말이다.

순간 여러 번의 둔탁한 소리가 들려왔다.

퍼버벅!

뒤도 돌아보지 않고 달리던 세 명의 전사가 그대로 앞으로 고꾸라지고 있었다. 벌써 여섯의 전사가 죽어갔다. 도망치는 전사들의 얼굴이 새하얗게 변하며 숨이 거칠어졌다.

평소라면 절대 있을 수 없는 현상이었다. 그들은 자신들이 사냥당하고 있다는 것을 느끼고 있었다. 그리고 그 속에는 보이지 않는 적에 대한 공포감이 스며들고 있었다.

다섯 명이 남았다.

한 명의 전사가 빠르게 뛰어 가고 있었다. 그가 막 한 발을 내딛을 찰나. 그의 발목을 잡는 넝쿨이 있었고 전사는 그 넝쿨을 피할 수 없었다. 순식간에 전사의 신형이 허공에 떠올랐다.

쉬아악! 퍽!

순간 몸부림을 치던 전사의 몸부림이 그대로 멈춰졌다. 전사의 목에는 날카로운 화살이 박혀 있었다.

추욱!

전사의 입이 벌어지며 축 처졌다. 그 전사뿐만 아니었다.

"후욱! 후욱!"

다급함과 보이지 않는 적으로부터 벗어나려는 또 다른 전사가 아름드리나무 둥치 아래에서 조심스럽게 호흡을 골랐다.

그는 그러면서도 주변을 살피는 것은 게을리하지 않았다.

그때, 나무둥치에서 미세한 움직임이 일었지만 전사는 미처 눈치채지 못했다. 단지 약간의 안도감과 충분히 숨을 골랐다는 듯이 다시 움직이려 할 뿐이었다.

순간.

스걱!

"컥!"

입에서 단발마의 소리가 흘러나오며 눈을 부릅뜬 전사. 그의 목에서는 검붉은 피가 콸콸 쏟아지고 있었다.

스르르. 툭!

전사가 그대로 앞으로 쓰러졌다. 그와 함께 나무둥치에서 한 명의 신형이 모습을 드러냈다.

'한 명 제거!'

'접수!'

최후로 살아남은 한 명을 제외하고 모든 척후조가 제거되었다. 살아남은 한 명의 전사가 엘간 산을 벗어났을 때, 그의 전신은 피범벅이었다. 살아남았으나 살아남은 것이 아니었다.

전사의 시선은 이미 공포로 뒤덮여 있었다.

『워리어』 3권에 계속…